天涯漫步

张国俊诗词散文集

张国俊　著

中国华侨出版社

北京

图书在版编目（ＣＩＰ）数据

天涯漫步：张国俊诗词散文集 / 张国俊著.-- 北京：中国华侨出版社，
2022.10

ISBN 978-7-5113-8876-6

Ⅰ.①天… Ⅱ.①张… Ⅲ.①散文集－中国－当代

Ⅳ.①I267

中国版本图书馆 CIP 数据核字(2022)第 119745 号

天涯漫步：张国俊诗词散文集

著　　者 / 张国俊
责任编辑 / 桑梦娟
封面设计 / 青年作家网图书出版中心
经　　销 / 新华书店
开　　本 / 710mm×1000mm　1/16　印张 / 17.5　字数 / 190 千字
印　　刷 / 三河市嵩川印刷有限公司
版　　次 / 2022 年 10 月第 1 版　2022 年 10 月第 1 次印刷
书　　号 / ISBN 978-7-5113-8876-6
定　　价 / 68.00 元

中国华侨出版社　北京市朝阳区西坝河东里 77 号楼底商 5 号　邮编：100028
发行部：（010）64443051　传真：（010）64439708
网址：www.oveaschin.com　E-mail：oveaschin@sina.com

如果发现印装质量问题，影响阅读，请与印刷厂联系调换。

自 序

在第一部诗词集《天涯飞絮》出版发行过程中，我的第二部诗词集书稿也已成形，我决定将这第二部诗词集命名为《天涯漫步》。飞絮的无奈和漫步的自信，凸显了我在认知上的变化。

确实，不要对外界有太多期待，不要再做无谓的纠缠，事物也好、人性也好，本来就是复杂的。反而，大自然的美好与豁达，任由你徜徉和抒发。感谢生活给了我这些经历和感悟，在我面对美好而又豁达的大自然时，迸发出一些老生常谈或者偶有与众不同的灵感。

坚持创作诗词，成了我工作之余的最大爱好。每天晚饭后洗漱完，靠在床头上看会儿书、写首小诗或者学着填首小词。白天所有的一切，全随着所创作的诗词而释怀，然后倒头睡去。这样什么也不想，能够每晚安然入睡，于我也是一种享受。当然也还是有苦恼的，只不过这苦恼是自找的。由于水平有限，我经常因找不到合适的言辞来表达意境而苦恼；有时候还带着苦恼入梦。确实，我在梦里也思考，甚至有时还能得到较满意的诗句。

虽然我喜欢文学，但是在诸多文学形式中，最终热衷于诗词。既受自身水平限制，也受诗词的短平快的特点影响，每到触景生情处，少则五言绝句短短四句二十个字（词有小令，十多个字即可），多则百来字的长调，我就能将景、情、意表达出来。有些诗词字词句甚至意境一时不能令自己满意，往往要搁置好长一段时间，才能修改达到预期效果。有些意境，一时找不到好的景致来触发灵感，在经历了许多天后，突然在一个地方被一个景物所触动，思想的阀门一下子被打开，每到这时，我的内心自然而然产生一种释然和愉悦的感觉。

自己创作出来的东西，总想拿出来分享一下，通过它们来展示我的所看、所想和所做，给真正时刻关心我的人报个平安。这样日积月累，就有了我的第二本诗词集子《天涯漫步》，这是我于2021年和2022年创作的部分诗词，以此感谢每一个关心、支持和帮助我的人。

张国俊
2022 年 9 月 10 日

目 录 | Contents

目录

【第二辑 词】

【第三辑 散文】

第一辑 诗

日月交辉

月恋西山不忍离，忧愁满面泪清辉。
东升旭日频催嫁，尽染云霞作绣帏。

（2021 年 2 月 2 日，农历腊月二十一）

立春寄语

立春年亦至，扫洒两逢新。
借势修身静，偷闲看日津。
寒风朝北望，瑞气自南陈。
旧事随尘去，芬芳溢四邻。

（2021 年 2 月 3 日，农历腊月二十二）

春心萌动

立春入夜意融融，锦瑟撩心乱鬓丛。
辗转相思孤枕皱，朝霞早染绣帘红。

（2021 年 2 月 4 日，农历腊月二十三）

小年年味

小年年味压头低，欲借清茶醒酒痴。
醉眼朦胧非醉色，满腔心事一人知。

（2021 年 2 月 4 日，农历腊月二十三）

茉莉报春

茉莉新枝上露台，花香袭远逐春开。
痴心几许谁先觉？万里知音入梦来。

（2021 年 2 月 5 日，农历腊月二十四）

迎春过年

脂降身轻心意宽，新春红日起东山。
东风尽逐西风去，树树青枝笑欲弯。

（2021 年 2 月 6 日，农历腊月二十五）

迎春过年大扫除

原本一慵人，偏偏不喜尘。

年关图整洁，苦扫费心神。

（2021 年 2 月 7 日，农历腊月二十六）

春满华夏

春意升腾大会堂，深情祝福国民昌。

喧天锣鼓铿锵响，四海炎黄奋进忙。

（2021 年 2 月 11 日，农历腊月三十）

新春祝酒辞

金樽频举祝春安，劳苦蜗居又一年。

鉴尽身前成败事，冰消雪化早扬鞭。

（2021 年 2 月 11 日，农历腊月三十）

看图作诗并步韵

玉粉裹丛（琼）枝，梅香绕一（碧）池。

点红羞雪树，群绿闹春时。

（2021 年 2 月 11 日，农历腊月三十）

绿水染新枝

岸树思春切，纷纷入水池。

逍遥明镜里，染绿放新枝。

（2021 年 2 月 11 日，农历腊月三十）

题老乡产业一条龙

姐妹餐厅待客寻，同真药店觅知音。

玉龙尽是良宵夜，羡慕逍遥各称心。

（2021 年 2 月 12 日，农历正月初一）

勤奋不分早晚

喧嚣一夜寂成今，正月逍遥少用心。

勤奋无须愁日晚，朝晖夕拾贵黄金。

（2021 年 2 月 13 日，农历正月初二）

一帘春雾

一帘春雾隐千山，数点天光透万年。

缕缕东风催柳绿，匆匆正月顺时迁。

（2021 年 2 月 13 日，农历正月初二）

别样的情人节

细雨随风伴雾飘，花灯绕树起春潮。

征衣染尽烟尘色，万里天街怅寂寥。

（2021 年 2 月 14 日，农历正月初三）

昨天怎么回事

初五醉三家，头昏眼放花。

举杯邀月满，停箸盼君夸。

乱步随风舞，胡言惹目斜。

奈何前夜里？醒后问晨鸦。

（2021 年 2 月 17 日，农历正月初六）

正月开工又各奔东西

一

正月相逢又到头，开工话别各行舟。

离多聚少成常态，习惯天涯两处愁。

二

相逢未久又东西，举酒无言泪满杯。

创业艰难多困苦，飘萍四散少成堆。

三

喧嚣渐尽意凄凄，烂漫春光照眼迷。

本愿相攀花下月，难熬生计拆人梯。

（2021 年 2 月 19 日，农历正月初八）

正月送友人赴海南创业

一

琼州千里外，创业寄孤身。

无尽相思意，家书抵万钧。

二

举酒千杯尽，言情两眼红。

琼州图伟业，异地建奇功。

牵挂随星月，相思有幼翁。

天涯歧路远，心意永交融。

三

漂萍人海一朝逢，无限相思两眼中。

万里孤身图大业，千朋翘首盼归鸿。

（2021 年 2 月 20 日，农历正月初九）

在春暖花开中谋生

开工已是艳阳天，满脑烦愁咋挣钱。

花草逍遥香色笑，凄风苦雨枕寒烟。

（2021 年 2 月 21 日，农历正月初十）

梦里鸳鸯

正月喧嚣醉若昏，只身闹市看纷纭。

孤灯夜半泪清影，梦里鸳鸯不是君。

（2021 年 2 月 22 日，农历正月十一）

一年之计在于春

创业艰难少尽头，谁人眼下永无忧？
举家献策年关夜，畅享明朝福满楼。

（2021 年 2 月 23 日，农历正月十二）

写诗写得眼脑昏花

久霸尺屏瞎写诗，害成眼脑两昏痴。
窗前小憩遇天暗，始贵心明可自持。

（2021 年 2 月 24 日，农历正月十三）

记忆力衰退

两眼昏疼默诵娱，曾经妙语少连珠。

丢三忘四难持续，叹脑痴呆记忆殊。

（2021 年 2 月 24 日，农历正月十三）

元宵节

一

元宵日照也朦胧，薄雾妖娆逗晚红。

只待华灯初上夜，呼朋唤友醉花丛。

二

元宵满月照谁家？雨雾江南已落花。

草树新芽初发地，无人把酒话桑麻。

（2021 年 2 月 26 日，农历正月十五）

水中春早

何处春来早？水中先绿枝。

萧条阶上树，争入碧玉池。

（2021 年 2 月 27 日，农历正月十六）

春节看烟花有感

一

五彩烟花闹半空，声形落尽意无穷。

幽香弥漫云崖暖，不费平生苦用功。

二

烟花灿烂半空中，五彩斑斓耀眼红。

尽显辉煌酬一刻，几多汗水竟其功。

（2021 年 2 月 27 日，农历正月十六）

早春雨雪之恋

六角春花雨夜开，琉璃瓦上歇徘徊。

轻纱薄裹妖娆色，无尽相思扑面来。

（2021年3月1日，农历正月十八）

你是春风

最爱春风香味浓，飘摇万里是情钟。

满天一色花前月，尽照相思醉客容。

（2021年3月4日，农历正月二十一）

偶听老旧歌曲有感

老旧情歌心木然，流光岁月洗空前。

灯花浅照朦胧夜，冷对春归少眷怜。

（2021 年 3 月 4 日，农历正月二十一）

该

醉酒三天苦未消，春光只顾自逍遥。

招蜂引蝶采花蜜，舞燕飞莺戏柳腰。

笑语欢歌声缱绻，颦眉蹙额色妖娆。

周边万物皆欣喜，独我床前卧寂寥。

（2021 年 3 月 11 日，农历正月二十八）

加班偶得

案牍劳神夜半归，沙尘满眼顿生悲。

天昏地暗多歧路，气短身残两病眉。

立业难成荒世事，抛家易毁负君痴。

加班怎会是常态，效率低迷该怪谁?

（2021 年 3 月 16 日，农历二月初四）

沙尘还能回流

浮尘也爱秀缠绵，往返逍遥没个闲。

昨日人人皆掩面，今朝个个尽迷关。

桃花粉饰无人看，山色灰蒙少客攀。

春雨该来倾力助，天空洗净再开颜。

（2021 年 3 月 17 日，农历二月初五）

忆送四伯

惊闻仙逝泪盈盈，总忆今生对我情。

音讯频来关爱倍，资财月寄保持衡。

一人发奋成诸事，两袖清贫度晚晴。

琐务缠身遥目送，诗书数语憾终生。

（2021 年 3 月 24 日，农历二月十二）

最后送别四伯

天色伤怀尽郁沉，接连昼夜泪衫襟。

平生立地无私愿，千古高风是赤心。

教子严慈成众事，爱才宽厚育丛林。

今朝一去俱悲涕，掩面垂眉作暮吟。

（2021 年 3 月 26 日，农历二月十四）

祝房晴早日康复

慈眉善目正华年，遇病心平学圣贤。

淡定烦愁抛脑后，前途依旧尽春天。

（2021 年 3 月 26 日，农历二月十四）

悲　春

周末何人早起忙？心怀旧事自彷徨。

窗前雨雾丝丝冷，槛外梨花片片凉。

（2021 年 3 月 27 日，农历二月十五）

樱花怒放

樱花怒放似祥云，烂漫轻盈真可人。
纵有万千愁绪在，馨香帐里自消沦。

（2021 年 3 月 29 日，农历二月十七）

怨 春

一夜春风疾，皆因花已迟。
谁家三月底，满眼尽枯枝。

（2021 年 3 月 30 日，农历二月十八）

报 春

奈何月底柳才青，翘盼多时色渐明。

满眼烟云含绿意，山花烂漫似潮生。

（2021 年 3 月 30 日，农历二月十八）

迎 春

新柳垂丝似秀纨，鹅黄嫩绿带春寒。

渲云染雾窗前满，滴翠含烟天际欢。

（2021 年 3 月 30 日，农历二月十八）

大别山纯手工清明茶

一

明前茶叶嫩，细手掐新尖。

慢火温柔炒，清泉娇脆淹。

终生云雾绕，成品色香添。

远近声名著，劝君来一夵。

二

春色深山满，无须只看花。

野茶堪一绝，惹尽世人夸。

（2021 年 4 月 2 日，农历二月二十一）

清明感怀二首

一

清明草色尽新容，祭扫烟飞泪眼红。

无尽哀悲随雨落，今生何处卧荒丛。

二

醉卧野花丛，闻香怜落红。

今生何所故？寂寞嫁东风。

（2021 年 4 月 3 日，农历二月二十二）

放眼看人生

风尘一路各吟诗，满口乡音莫笑痴。

沧海桑田多变化，人生放眼待天时。

（2021 年 4 月 4 日，农历二月二十三）

邓梦书烈士追思会

男儿报国在疆场，万里魂归恋故乡。

赤胆忠心非一个，东山满地尽贤良。

（2021年4月5日，农历二月二十四）

韵酒四部

躲 酒

蜗居驿馆自非家，小憩身心也不差。

乱酒昏天无处躲，借言赤壁独寻花。

醒 酒

夜半蛙声惊客家，方知春老色香差。

新蝉翅嫩藏深绿，酒醒难眠怜落花。

羡 酒

敬羡先贤酒后奢，舞文弄墨世人夸。

千杯倾尽怀天地，独我羞惭剩影斜。

羞 酒

胸怀浅薄喜风花，附凤攀龙酒色赊。

醉后身心归粪土，更无妙语缀文华。

（2021 年 4 月 7 日，农历二月二十六）

奈何奈何

春日融融心意烦，区区小事计无端。

大千世界庸人众，怎不时时扰静安？

（2021 年 4 月 9 日，农历二月二十八）

悄悄回乡

回乡不敢报平安，只怕惊烦扰众贤。

夜半频来皆责问，为何来去两无缘。

（2021 年 4 月 11 日，农历二月三十）

花开有色却无香

有色却无香，花开节已伤。

只图虚悦目，败絮竞猖狂。

（2021 年 4 月 12 日，农历三月初一）

雾掩春宵

雾起春宵遮掩谁？残花色淡自羞垂。

高楼未听天人语，欲拨云开把月窥。

（2021 年 4 月 13 日，农历三月初二）

云开雾散春去也

阴沉数日忽云开，耀眼天光扑面来。

更有东风弯柳绿，香魂梦断替谁哀。

（2021 年 4 月 14 日，农历三月初三）

不可听风就是雨

药酒新尝未显灵，千金撒尽买分明。

传言真假须甄辨，切勿闻风道雨声。

（2021 年 4 月 15 日，农历三月初四）

人生苦短

倦懒床头浅倚身，沙尘蔽日晓还昏。
人生本似春光短，半辈迷茫风雨存。

（2021 年 4 月 16 日，农历三月初五）

怜 春

今春花草少清新，屡遇浮沙尽染身。
风雨不曾怜色艳，漫天呼啸洒泥尘。

（2021 年 4 月 17 日，农历三月初六）

惜 春

春去无声柳絮飞，群芳尽逝绿争肥。

云开雾散风来晚，日落林深倦鸟归。

（2021 年 4 月 17 日，农历三月初六）

一群美女下扬州

春心驿动下扬州，笑逐颜开照景稠。

四月花稀人艳逸，江南处处俏回头。

（2021 年 4 月 22 日，农历三月十一）

春天的旋律

冷暖无常风雨癫，纷繁世事扰心安。

愁肠万卷樽前续，美梦千重枕上残。

（2021 年 4 月 22 日，农历三月十一）

美艳荆楚

意切情真黄鹤飞，花香鸟语鳜鱼肥。

千湖细浪轻舟渡，九省通衢美梦归。

赤壁惊涛文武定，丹江白鹭羽仪晖。

万千坎坷均灰化，四海名扬振国威。

（2021 年 4 月 24 日，农历三月十三）

五月的天空

一

浮云异彩借光生，厚满天时遮日明。

弃用之间皆本意，人心世故最私情。

二

少有晴空望眼忙，清新如洗也彷徨。

天边尽是相思意，欲去无时暗自伤。

（2021 年 5 月 2 日，农历三月二十一）

诸事不顺

天色阴沉雨欲来，出门诸事惹心哀。

若求不顺烟云散，唯有蜗居可去灾。

清静保平安

明知药物毁心肝，酒肉肥肠快嘴端。

欲壑难填招祸害，人生清静保平安。

风雨夜归人

夜深犬吠太欺人，故旧蓑衣竟不闻。

久扣柴门灯始亮，微眸两眼怨声勤。

修行靠个人

闹市群人沸，深山只鸟鸣。

虽无清静处，也可得心成。

（2021 年 5 月 13 日，农历四月初二）

天天 520

细数皆佳节，天天奉爱多。

今朝倾尽后，明日与人歌。

（2021 年 5 月 20 日，农历四月初九）

悼念袁隆平院士

山崩地裂震云天，举世哀悲痛失贤。

百姓千年求一稻，先生一稻解千年。

泥中跋涉水中浸，苗里觅寻禾里眠。

坚守清贫圆大愿，功勋卓著屹人巅。

（2021 年 5 月 22 日，农历四月十一）

悼念吴孟超院士

寻亲五岁下南洋，书海田间自幼忙。

万里归家身抗战，十年学艺志图强。

披荆斩棘开新路，沥血呕心怀旧伤。

大爱无疆才德厚，华侨赤子也忠刚。

（2021 年 5 月 23 日，农历四月十二）

悼念章开沅校长

中华历史一丰碑，德学高深无有谁。

含笑从容今谢世，书香永润后来人。

（2021 年 5 月 28 日，农历四月十七）

北大学习感怀

一

平生才有限，北大觅新知。

发奋休嫌晚，身心醉又痴。

二

丁香花已谢，绿厚尽生机。

最羡园中树，天骄举世稀。

三

生态文明志在高，青山绿水贵天骄。

国家大计须牢记，代代传承不可消。

四

天下苍生本一家，奈何放眼各嗟呀？

休将命运频搬弄，害得人间尽落花。

五

连天跋涉觅新知，使命双肩各恐迟。

不管腰酸连腿胀，争分夺秒竞天时。

六

碾转竟无眠，沧桑浮眼前。

先生言所喻，句句扣心弦。

七

学海求知遇老乡，乡音悦耳泪汪汪。

汪洋影里青龙舞，舞上苍穹照八方。

八

平生立志替民歌，博学多才责任多。

润物不辞耕作苦，滔滔不绝若悬河。

九

喧嚣一晚已成空，重启新篇待日红。

后续诸君多努力，精神振奋再弯弓。

十

登堂入室德才明，大雅均须苦练成。

几度徘徊心自愧，望尘莫及枉今生。

十一

夏天天亮早，正是读书时。

最美韶光地，未名湖可窥。

十二

北大门前留影忙，虚名浪得也风光。

今生既未登堂入，望眼能消一世伤。

十三

大师云集地，德艺两巅峰。

岂敢胡言语，虚狂有失恭。

（2021 年 5 月 24-28 日，农历四月十三至十七）

阴天即景

满眼阴云天地昏，心归何处可安神？

愁眉常锁多情客，前路凄迷又一春。

（2021 年 6 月 1 日，农历四月二十一）

无为无用

放下方知万事空，无忧一觉到天穷。

行囊一副作何用？粪土肥田似草虫。

（2021 年 6 月 4 日，农历四月二十四）

一生白过

今朝无望伺苍生，满腹虚怀赤子情。

日夜千杯徒自醉，归来两眼笑忠诚。

（2021 年 6 月 5 日，农历四月二十五）

助威高考

今朝高考日，举国选良才。

受得寒窗苦，功勋满未来。

（2021 年 6 月 7 日，农历四月二十七）

江山代有才人出

科场开大考，辈出尽人才。

共把辉煌续，欢歌入梦来。

（2021 年 6 月 8 日，农历四月二十八）

为考生放歌

上苍最爱是人才，雨润清凉赐福来。

无限风光挥笔就，青春志在夺高魁。

（2021 年 6 月 9 日，农历四月二十九）

追忆占正旭老师

端阳惊噩耗，离世有恩师。

佳节添新痛，愚生念旧时。

才华还未尽，岁月已先辞。

短暂人生路，悲歌常伴随。

（2021 年 6 月 12 日，农历五月初三）

各得其所

云起东天似海潮，奔腾变换自逍遥。

西边半壁玉湖水，过尽千帆剩寂寥。

（2021 年 6 月 15 日，农历五月初六）

夏日阴雨天即景

雨细天阴热暂消，心疲腿软路还遥。

凉风阵阵晚来疾，欺我残身伴寂寥。

（2021 年 6 月 18 日，农历五月初九）

建党百年缅怀李大钊

北大红楼新主张，中华马列始光芒。

忠诚救国舍生去，革命红心永向阳。

（2021 年 6 月 20 日，农历五月十一）

父亲节感怀

父亲节里悄无声，万丈波澜从不惊。
追忆迎风偕泪抹，扭头笑送是温情。

（2021 年 6 月 21 日，农历五月十二）

有感于夏至养生

夏至窗前看月忙，照来照去旧人伤。
多年今日平常过，哪有闲心养胃肠。

（2021 年 6 月 21 日，农历五月十二）

冰火两重天

一

无边热焰似蒸熏，顾盼天阴歇我身。

未遇清凉心意尽，神情散作木头人。

二

依稀夜梦雨翩跹，车履匆匆积水怜。

几屡清雷时伏起，鹊声啼醒晓光鲜。

（2021 年 6 月 23 日，农历五月十四）

大失所望

低垂翠竹向谁弯，高节无存不汗颜？

有负人心多赞叹，休言雨雪太凶顽。

（2021 年 6 月 25 日，农历五月十六）

自我解嘲

纷繁乱事太烦人，驱散阴霾靠自身。

想做逍遥天外客，无须看透是红尘。

（2021 年 6 月 29 日，农历五月二十）

独对斜阳

快餐碗面对斜阳，此日无多莫感伤。

但见园中熟瓜果，悠闲自在待君尝。

（2021 年 6 月 30 日，农历五月二十一）

建党百年寄语家乡建设

普天同唱赞歌频，百姓真情颂党恩。

幸福家乡须发奋，凝心聚力建新村。

（2021 年 7 月 1 日，农历五月二十二）

锄禾日当午

劳作艰辛汗湿身，凉风不肯献殷勤。

销声匿迹空期盼，满眼阳光烈若焚。

（2021 年 7 月 2 日，农历五月二十三）

自娱自乐

睡觉开窗不掩帘，秋光若泄也无嫌。

人生已是黄昏后，举世休惊痴老髯。

（2021 年 7 月 2 日，农历五月二十三）

巧遇栾花落

整日蜗居脑眼昏，精神懈怠已无魂。

出门望远修心气，一树栾花尽落痕。

（2021 年 7 月 4 日，农历五月二十五）

岁月不饶人

楼前被叫是爷辈，苍老何时已满身？
岁月无情心不服，弯腰逗笑耍童真。

（2021 年 7 月 7 日，农历五月二十八）

雾断群峰

群峰雾断半腰间，仙界欺人独霸天。
玉宇琼楼嫌不够，呼风唤雨占山川。

（2021 年 7 月 8 日，农历五月二十九）

休做井底之蛙

蜗居小地怎成仙，井底之蛙哪有贤？
海阔天高宜放眼，浮云难阻上峰巅。

（2021 年 7 月 11 日，农历六月初二）

防汛巡河偶得

雨后欣闻杂草香，翻飞蜂蝶觅花忙。
青山难挽泥沙住，执意随波客异乡。

（2021 年 7 月 12 日，农历六月初三）

风雨亡杏树

多年杏树突消亡，暴雨狂风助断肠。

根浅难承枝叶厚，并非尘世不怜香？

（2021 年 7 月 13 日，农历六月初四）

游易水湖

自古英雄地，初心向未来。

清波明镜里，荡漾远尘埃。

（2021 年 7 月 14 日，农历六月初五）

易水湖幻境

孤岛深林木屋清，长湖远水素心明。

风烟阵阵翻云雨，景象层层叠幔城。

（2021 年 7 月 17 日，农历六月初八）

只恨风来晚

倾尽千杯雨不休，空房独坐醉烦愁。

云开雾散风来晚，策马扬鞭已暮秋。

（2021 年 7 月 18 日，农历六月初九）

梦里梦外

闹市喧嚣惹眼昏，痴心难舍恋红尘。

飘香几缕身何处？入梦三分似故人。

（2021 年 7 月 20 日，农历六月十一）

逆水行舟

连天暴雨铸洪流，不满江河势不休。

俱下泥沙争浊水，浑黄激浪也行舟。

（2021 年 7 月 21 日，农历六月十二）

猫 情

窗前远眺觅心仪，大院高墙锁步低。

一世痴情空守望，红尘里外两凄迷。

（2021 年 7 月 22 日，农历六月十三）

美丽燕山

漫步燕山也可人，随来景致似家珍。

蜗居不觉今生幸，枉费春秋四季新。

（2021 年 7 月 29 日，农历六月二十）

顺其自然

本是平常命，休攀富贵枝。

人终归草木，去日各安时。

（2021 年 7 月 30 日，农历六月二十一）

仁爱满天下

倾心成铁粉，仰慕是英雄。

仁爱满天地，贤良得始终。

（2021 年 8 月 2 日，农历六月二十四）

浮云变幻

浮云变幻显千姿，演绎人间喜与悲。

万里晴空孤一片，烦愁定是最多时。

（2021 年 8 月 4 日，农历六月二十六）

夏秋交替

对镜方知两鬓霜，炎炎夏日自心凉。

秋风不识愁滋味，携雨频催草叶黄。

（2021 年 8 月 6 日，农历六月二十八）

贴秋膘

立秋纵酒学英豪，夜半归来月已高。

醉卧犹嫌杯未满，依稀梦里笑风骚。

（2021 年 8 月 8 日，农历七月初一）

万物皆过往

秋凉频借雨，夏热屡还潮。

新旧相煎急，时光轴上消。

（2021 年 8 月 9 日，农历七月初二）

蜗 牛

蜗牛精觅食，善往上方爬。

万物非人类，生存即可嘉。

（2021 年 8 月 10 日，农历七月初三）

七夕奇观

一

仙英化雨耀云天，七夕姻缘点线连。

一夜温馨花树下，终生守候锦书前。

二

仙英化雨自天飞，飞落人间欲嫁谁？

谁有情缘成眷属，属联七夕两相宜。

三

七夕未闻车马喧，人间冷落实堪怜。

流星闪耀玩消逝，宇宙空留一线缘。

（2021 年 8 月 14 日，农历七月初七）

秋雨连天

天天早发趁秋凉，满眼阴云作雨狂。

激水行舟风浪里，从容起伏不迷茫。

（2021 年 8 月 15 日，农历七月初八）

阴雨天即景

乌云遮旭日，慧眼识英才。

不忘恩情义，冰心照未来。

（2021 年 8 月 16 日，农历七月初九）

白日做梦

夜雨送秋凉，朝晴晒夏裳。

昏昏虚度日，白白梦黄粱。

（2021 年 8 月 17 日，农历七月初十）

惭 愧

人生又五年，步入退休前。

屈指盘成事，低眉羡圣贤。

（2021 年 8 月 18 日，农历七月十一）

赠几位奔赴新工作岗位的同事

人生无料定，屡遇是新机。

各立鲲鹏志，高天振翅飞。

（2021 年 8 月 19 日，农历七月十二）

入秋感怀

雨送清凉又一秋，时光逝水两含愁。

春风不惜桃花面，夏日谁怜荷叶洲。

极目天边双竭处，穷途脚下再开头。

窗前淅沥尽心意，点滴成溪好自流。

（2021 年 8 月 20 日，农历七月十三）

酒话连篇

借酒难消一夜愁，梦中反复也多忧。

除非不省红尘事，否则谁能早白头。

（2021 年 8 月 21 日，农历七月十四）

酒后失态

步履蹒跚怪路斜，灯光摇曳尽昏花。

朦胧醉眼焉能辨，错把人家当自家。

（2021 年 8 月 22 日，农历七月十五）

中元夜有灵

中元夜里梦娘声，不巧也堪心有灵。

遥祭难平双泪眼，今生最忆是叮咛。

（2021 年 8 月 22 日，农历七月十五）

今日处暑

迎来送往夏成秋，早晚清凉月上勾。

羽扇呼风辞旧客，青纱婉转织新愁。

逍遥稻菽待人悦，闲散牛羊就地休。

一别经年穷望眼，天涯对雁自箜篌。

（2021 年 8 月 23 日，农历七月十六）

日夜蝉鸣

蝉鸣无昼夜，夏日少清安。

欲歇声尖厉，关窗心始宽。

（2021 年 8 月 25 日，农历七月十八）

与天比高

浮云欲试是天高，厚薄从来远九霄。

勿以残躯欺众小，阳光透照自夭夭。

（2021 年 8 月 26 日，农历七月十九）

触景生情

骤起乌云遮半天，呼风唤雨闹窗前。

东边万里晴依旧，世道无情自可怜。

（2021 年 8 月 27 日，农历七月二十）

老态龙钟

向晚遇狂风，惊魂步履匆。

乌云遮目满，浊雨借雷穷。

弱柳违心舞，残身伴耳聋。

离家虽咫尺，腰已似弯弓。

（2021 年 8 月 28 日，农历七月二十一）

可怜的猫

一

亥时还未到，两眼已迷离。

欲卧空床上，心怜猫意悲。

二

虽是猫身命，风情不少人。

心怜倾侧隐，睡意尽消沦。

（2021 年 8 月 29 日，农历七月二十二）

新农村赞歌

今日耕牛不种田，终生饱食卧悠闲。

农夫顾自观风景，村妇逢人赞鬓鬟。

满眼青葱招客悦，一川静谧对溪弯。

桃源非梦真天地，世外无求尽醉颜。

（2021 年 8 月 30 日，农历七月二十三）

入梦犹馋

美酒佳肴宴众仙，望尘莫及隔空怜。

虽非三五月明夜，无尽相思梦里边。

（2021 年 8 月 31 日，农历七月二十四）

黄昏落日残

大脑突然显断片，头昏虚汗湿衣衫。

心慌欲卧西窗下，恰遇黄昏落日残。

（2021 年 9 月 1 日，农历七月二十五）

夜雨无声心事多

夜雨无声车辙稠，三更入梦替谁忧。

翻来覆去烦心事，幕幕消沉幕幕秋。

（2021 年 9 月 3 日，农历七月二十七）

红色马安村

红色马安心意真，基因自古爱凡尘。

村民代代堪英勇，守定河山处处新。

（2021 年 9 月 3 日，农历七月二十七）

顿 悟

过往人生都是客，升腾烟雾尽成云。

苍天底下伤清浊，枉废时光枉废勤。

（2021 年 9 月 5 日，农历七月二十九）

戒酒诗

一

千年多酒讯，故事一箩筐。

好赖莫贪念，身心两健康。

二

天生见酒就心烦，苦辣伤身少有缘。

却别盛情图自爱，偷闲养性好成仙。

三

醉卧空床写小诗，不知酒后尽浮词。

贪杯易酿千年祸，勒马悬崖不可迟。

（2021年9月7日，农历八月初一）

感恩教师

九月扬帆各远航，秋风频送桂花香。

师徒砥砺惊天地，绘就江山尽画廊。

（2021 年 9 月 10 日，农历八月初四）

燕山公园漫步

深林早晚雾频生，鸟语撩心忆旧情。

亭榭池阶曾歇处，红衣不与蓼花争。

（2021 年 9 月 11 日，农历八月初五）

夜雷雨鸡

夜暗天昏到五更，雷惊雨闹醒孤城。

雄鸡不管阴晴事，待有时辰独自鸣。

（2021 年 9 月 12 日，农历八月初六）

游古南窑旧址

疮痍满目竟萧条，世事何堪岁月雕。

多少繁华成旧迹，无心古树系红绡。

（2021 年 9 月 13 日，农历八月初七）

借题发挥

破裤惹人哗，装潢碎镜花。

终生无顺事，一日遇多家。

（2021 年 9 月 14 日，农历八月初八）

独爱清香胜酒香

事不由人醉后伤，身心俱损两迷茫。

丝丝凉意皆秋意，缕缕清香胜酒香。

（2021 年 9 月 15 日，农历八月初九）

思 乡

秋雨也成溪，飘零落叶凄。

天涯游子意，常作夜莺啼。

（2021 年 9 月 16 日，农历八月初十）

野花争艳

一眼旧田舍，千重新草花。

盆中无上品，地里有奇葩。

（2021 年 9 月 17 日，农历八月十一）

秋 意

风凉席冷体微寒，夏去秋来色尽残。

几片闲云飞日月，一帘清梦醒悲欢。

（2021 年 9 月 18 日，农历八月十二）

有感于小诗获奖

回乡偶得小诗词，借酒抒怀三两匙。

地厚天高均不怕，舒心快意自驱驰。

（2021 年 9 月 18 日，农历八月十二）

时间如流水

满眼阴云天地昏，心归何处可安神？

愁眉常锁多情客，前路凄迷又一春。

（2021 年 9 月 19 日，农历八月十三）

中秋前夜

谁言风雨了无情，佳节门前却晓停。

月上墙沿初试镜，云飞天际早开屏。

江山微露妖娆色，夜暮徐来缥缈形。

静待良宵环大地，中秋四海共温馨。

（2021 年 9 月 20 日，农历八月十四）

风雨中秋夜

中秋无月照，对景话团圆。

冷雨黄昏后，凄风黑夜前。

心灰杯独举，酒醉泪双悬。

岁岁今宵苦，天天别梦连。

（2021 年 9 月 21 日，农历八月十五）

借桂贺中秋

一

何处桂花香？随风满草堂。

炉前酌小酒，歌舞少霓裳。

二

金秋频送爽，独少桂花香。

不在江南住，依稀梦里尝。

三

风送桂花香，人逢佳节忙。

休言耕作苦，小醉也疯狂。

（2021 年 9 月 21 日，农历八月十五）

一个人的中秋

雨歇贺中秋，风停去冷愁。

他乡明月夜，独自倚床头。

（2021 年 9 月 21 日，农历八月十五）

月圆中秋

月到中秋独自圆，天涯孤客盼婵娟。

江山举目无寻处，碧水清波星伴船。

（2021 年 9 月 21 日，农历八月十五）

八月十六

月圆十六有先知，好友相邀岂忍辞。

万丈豪情皆化酒，千杯倾尽还复持。

（2021 年 9 月 22 日，农历八月十六）

运动会组诗

为运动会放歌

盛会聚群英，皆怀报国情。

齐心图奋进，携手建功名。

赞运动员

燕山盛会四年逢，巧遇秋分日色红。

荟萃群英齐振奋，声威俱厉彻长空。

致八亿时空运动员薛秀媛

竞技绿茵成俊豪，徜徉商海领风骚。

铿锵步伐辉煌道，创业何时惧骇涛。

奋勇争先

四海同心成一家，今朝圆梦尽开花。

绿茵场上携双手，奋力争先众口夸。

为运动员加油

金秋迎盛会，场上展英姿。

拼搏开新路，功成定有时。

（2021 年 9 月 23 24 日，农历八月十七至十八）

写在丰收节

挥洒千堆汗，丰收万担粮。

迎风飞笑靥，阔步续辉煌。

（2021 年 9 月 23 日，农历八月十七）

小记王勃

年少即闻名，诗文海内倾。

怀才虽有遇，弘志却无成。

一赋垂千古，三伤误半生。

天涯风云路，步步尽心惊。

（2021 年 9 月 26 日，农历八月二十）

四季自轮回

雨晴频变幻，冷暖互驱驰。

不管人间苦，天心执念痴。

（2021 年 9 月 28 日，农历八月二十二）

醉后风作墙

醉后倚风墙，身倾地作床。

闻香随蝶舞，梦醒笑痴狂。

（2021 年 9 月 29 日，农历八月二十三）

应约赋诗

柔情似水伴春光，只恨无人量短长。

对镜含愁翻日月，空留往事泪衣裳。

（2021 年 9 月 30 日，农历八月二十四）

喜结良缘

举国欢腾节，良缘喜结时。

晨婷花烛夜，白首始相随。

（2021 年 10 月 1 日，农历八月二十五）

金玉良缘

金秋堆十月，玉石历千年。
良婿择佳偶，缘情终两圆。

（2021 年 10 月 1 日，农历八月二十五）

清晨即景

爆竹欢歌声却惭，清晨宁静闹中酣。
今生已舍万千事，闭眼心安意自甘。

（2021 年 10 月 2 日，农历八月二十六）

秋花情怀

临秋争绽放，遇叶话凄凉。

已历人和事，随来雪与霜。

（2021 年 10 月 2 日，农历八月二十六）

秋雨中漫步

细雨染眉间，青松撩发边。

天涯迷雾里，往事冷风前。

（2021 年 10 月 3 日，农历八月二十七）

十一假期蜗居研习

十一喧嚣路上堆，蜗居恬淡守空帏。

名篇再读悟新意，激起相思独自飞。

（2021 年 10 月 4 日，农历八月二十八）

奈天何

昏鸦暮雨两凄清，穿透孤窗冷顿生。

夜色含潮天欲歇，灯光晃眼影谁成？

（2021 年 10 月 6 日，农历九月初一）

国庆节漫步良乡刺猬河有感

拭目以待

今年秋色晚，雨水润心多。

再遇阳光后，风姿又若何？

谁主沉浮

河边独坐看溪流，偶有渔翁垂钓钩。

本已闲来无甚事，又交水下主沉浮。

上善若水

一湾杂草阻溪流，上善何曾发此愁。

遇事虚心非下品，无声润泽默低头。

顺势而为

丰收节后剩荒凉，热土随风脱盛装。

既遇隆冬先静默，春光唤醒再辉煌。

（2021 年 10 月 7 日，农历九月初二）

环绕八岚山一圈有感

绝处自生

独步环山走一番，临渊犹羡鸟声欢。

穷途未学他人哭，绝处峰回自探宽。

以旧乱新

秋山一树放新花，耀眼惊人奇欲夸。

细辨方知枯旧品，招摇以假竞奢华。

当临绝顶

小路崎岖大路宽，攀爬漫步享心安。

深秋叶绿酬新雨，绝顶云飞谢旧端。

胜似天堂

柏籽一树伴青枝，剔透玲珑似玉垂。

仙界琼楼惊不得，人间处处比天池。

（2021 年 10 月 8 10 日，农历九月初三至初五）

秋日写意组诗

彩菊迎秋

彩菊迎秋秋意浓，相思对雁雁声穷。

清风拂面无音讯，浊酒飘香有泪红。

轻舟逐水

偶得闲时成野客，烟波江上自寻愁。

轻舟一叶天边出，戴日披星逐水流。

情景不融

雨后天晴似笑颜，风云恬淡复悠闲。

秋凉不敌人心碎，号角声声冷月弯。

冷月欺人

带露秋风阵阵凉，含愁鸿雁自彷徨。

曾经万物萧条尽，冷月欺人泪两汪。

雄鸡不报晓

独卧空床盼日升，难熬长夜自多情。

迎秋冷雨敲窗急，报晓雄鸡不敢鸣。

满目凄凉

落叶虚情成旧客，凄风假意送新晴。

枯枝尽语伤心事，冷雨频浇苦命茎。

（2021 年 10 月 9 12 日，农历九月初四至初七）

朋友生日写真

年年双十日，美酒各千杯。

胜友如云聚，高朋似玉堆。

恭尊仁寿贺，仰慕盛名魁。

今又圆心愿，田蓉载誉偎。

（2021 年 10 月 10 日，农历九月初五）

隔空写愁

正值芳龄心事多，愁肠万卷绕星河。

闲来对镜皆春色，一嘴红樱两眼波。

（2021 年 10 月 11 日，农历九月初六）

人生百味

尽道今朝冷，须知去岁寒。

人生虽百味，尝尽苦和酸。

（2021 年 10 月 11 日，农历九月初六）

自我安慰

苦苦耕耘赢小钱，轻轻点击觉微寒。

无心赚得身名事，风雨人生处处安。

（2021 年 10 月 13 日，农历九月初八）

重阳节的婚礼

亲朋好友聚重阳，祝愿新人幸福长。

酒菜些微诚意厚，恩情永记在心房。

（2021 年 10 月 14 日，农历九月初九）

松柏常青

一

风光两冷叶还青，不愿浮生作烂萍。

持续枝头争激滟，寒冬腊月拒凋零。

二

风光两冷叶还青，不愿浮生作歇停。

既遇三秋须尽去，来年二月好开屏。

（2021 年 10 月 19 日，农历九月十四）

再无黛玉葬花

各爱新花惊艳时，人人摆弄赞仙姿。

秋霜一夜虚荣尽，独有颦妃哭葬痴。

（2021 年 10 月 20 日，农历九月十五）

快递隆冬

快递隆冬十月中，青青草木去匆匆。

缘何季节频添乱，自是人间欲壑穷。

（2021 年 10 月 21 日，农历九月十六）

菜粥下酒

一碗羹汤和酒吞，西山日照有余温。

闲情竟在黄昏后，简洁人生似覆盆。

（2021 年 10 月 21 日，农历九月十六）

霜 降

月色朦胧老眼昏，模糊万物对谁真。

深秋夜露含霜落，一席寒纱掩旧尘。

（2021 年 10 月 23 日，农历九月十八）

大千世界无奇不有

一树桃花霜降开，山城季节乱徘徊。

大千世界真奇妙，怪事常惊眼口呆。

（2021 年 10 月 24 日，农历九月十九）

乱钟醒乱梦

鸣钟敲四下，乱梦醒三更。

浓雾窗前暗，繁星天外明。

（2021 年 10 月 25 日，农历九月二十）

再咏爬山虎

贫瘠山坡陡险凶，醉人秋色笑西风。

平生立志向高远，换得今朝一串红。

（2021 年 10 月 27 日，农历九月二十二）

人生如梦

人生梦一场，幻影作千翔。

若是今宵别，何来他日伤。

（2021 年 10 月 28 日，农历九月二十三）

层林尽染

群山秋色浓，霜叶似花丛。

日照层林染，风吹满地红。

（2021 年 10 月 29 日，农历九月二十四）

雾断天涯

浓雾天边断落霞，深秋夜暮少昏鸦。
西风入梦乡愁冷，泪眼窗前觅月华。

（2021 年 10 月 30 日，农历九月二十五）

壮丽河山

树树斑斓叶，丛丛灿烂花。
三秋开桂子，万里富人家。
落地沉香露，飞天卷幔霞。
山川披锦绣，河海竞奢华。

（2021 年 10 月 31 日，农历九月二十六）

银 杏

秋染金黄扇，春生玉绿萍。

随风飘冷暖，借日蓄精灵。

落似天鹅体，飞成乳鸽形。

千年珍异类，入世即钟铭。

（2021 年 11 月 1 日，农历九月二十七）

酒下剩菜

剩菜三盘酒一杯，当空独酌泪频挥。

残身尽识人间苦，岂可逍遥与愿违。

（2021 年 11 月 2 日，农历九月二十八）

秋叶似太阳

满眼金黄似太阳，朦胧细雨挽秋妆。

天边薄雾含羞出，梦幻随风绕故乡。

（2021 年 11 月 2 日，农历九月二十八）

潇洒走一回

无惧烦愁独善身，满园秋色爱闲人。

随风一把金黄叶，洒向天涯散作邻。

（2021 年 11 月 3 日，农历九月二十九）

夜雾成晨雾

夜雾成晨雾，晚霞非早霞。

新鞋循旧路，古树发初芽。

（2021 年 11 月 4 日，农历九月三十）

落叶精神

枯干落叶各叽喳，已是黄昏还自夸。

最喜狂风邀劲舞，旋天转地似新花。

（2021 年 11 月 5 日，农历十月初一）

寒潮雾霭和雨

预警寒潮未启程，连天雾霭已逢迎。

人间昼夜昏沉色，伴雨逍遥误终生。

（2021 年 11 月 6 日，农历十月初二）

以苦为乐

值守闲时可遛弯，防寒尽责两相关。

招来雨雪陪娱乐，畅快人生一世安。

（2021 年 11 月 7 日，农历十月初三）

志在成才

爱子情深巧用功，高朋满座意无穷。

交加雨雪砺心智，斩棘披荆直向东。

（2021 年 11 月 8 日，农历十月初四）

突遇新雪二首

一

新雪无诗自汗颜，胸中点墨早枯干。

忧心天命不成事，剩却余生似叶残。

二

嗖嗖寒风扑面来，噌噌新雪向阳开。

飘摇几片霜红叶，欲舍枯枝还发呆。

（2021 年 11 月 9 日，农历十月初五）

猫耳山早晚

西山览尽色无穷，早晚风光各不同。
似火朝霞燃欲绝，夕阳背后照青铜。

（2021 年 11 月 10 日，农历十月初六）

闲云野鹤

愿做闲云野鹤游，随风伴雨接光酬。
高天冷暖皆真意，不染人间半点愁。

（2021 年 11 月 11 日，农历十月初七）

送杜金全主任履新

一月同窗巧结缘，三秋共事晚开端。

欣闻策马奔高处，愿送鹏程万里鞍。

（2021 年 11 月 12 日，农历十月初八）

乘电梯有感

明知道路有人先，自觉加鞭快马前。

如若无心徐慢步，休言岁月不偏怜。

（2021 年 11 月 12 日，农历十月初八）

挑灯夜读

静夜玲珑梦呓声，随灯伴影到天明。

原来未竟心宜事，拼却余生放晚晴。

（2021 年 11 月 12 日，农历十月初八）

冬日遇阳春

风和日丽似阳春，才入初冬盼叶新。

天地仁心怜我意，青云松柏近成邻。

（2021 年 11 月 13 日，农历十月初九）

房屋招租

闲房一套觅知音，恬静清幽属上林。

古有凤凰呈瑞气，今成府第涌黄金。

（2021 年 11 月 13 日，农历十月初九）

有空就出去走走

平生好静喜清幽，万物其中各自由。

待到闲时无觅去，喧嚣充耳尽添愁。

（2021 年 11 月 14 日，农历十月初十）

提笼架鸟有感

日暮西山意欲何？提笼架鸟听欢歌。

壶中茶叶两三片，斗里草烟三两窝。

浊酒无人聊自酌，凡心有度不须苛。

曾经万事风云已，静享余生小半梭。

（2021 年 11 月 15 日，农历十月十一）

猫 趣

一

仰面朝天两爪弯，佯装眯眼躺悠闲。

闻声竖耳真机警，翘尾翻身悦主颜。

二

逗猫玩耍顿生怜，怜己怜猫怜眼前。

自幼孤身无伙伴，长成未遇好姻缘。

（2021 年 11 月 15 日，农历十月十一）

感恩生命中遇见的每一个好人

细数今生也不差，时时遇见好人家。

初中报德本村叔，小学感恩师玉华。

武汉忠娟频照顾，麻城正旭尽骄夸。

若无良善倾心助，哪有闲情看落花。

写这首诗，是为了一并感谢我人生中遇到的每一个好人：小学班主任余玉华老师给了我母亲般的关爱；初中遇见我本村本家的二叔张亚安，他是抗美援朝志愿军退伍战士，是他用他的工资资助因交不起学费而退学的我，让我重回课堂；高中班主任占正旭老师燃起了我文学的梦想；大学辅导员秦忠娟老师，更是给了我全方位的支持和帮助……

（2021年11月16日，农历十月十二）

被冷落的书

丛书架上自忧伤，玉指生风恋网忙。

未尽相思成别恨，无人眷顾赐幽香。

（2021 年 11 月 18 日，农历十月十四）

古镇酱香新星——紫红泥酒

佳节高朋举座惊，紫红泥酒最钟情。

茅台故里添新秀，赤水河边绽盛名。

千古传承都宠爱，众生眷恋尽忠诚。

群山怀抱真仙子，美梦连绵独忆卿。

（2021 年 11 月 19 日，农历十月十五）

深秋即景

秋深水浅苦撑船，重露繁霜落两肩。

放眼江天连日夜，征程万里一篙前。

（2021 年 11 月 20 日，农历十月十六）

嘘

写诗逗乐遣余生，不想荣膺酒两瓶。

本已休杯三五载，再偷今夜醉寒汀。

（2021 年 11 月 21 日，农历十月十七）

春满人间

喷雾飞云上九天，金光一道似钩弯。

长空钓得东升日，携手春风度玉关。

（2021 年 11 月 22 日，农历十月十八）

昨夜西风漫卷

一

走石飞沙举步艰，寒天冻地惹心酸。

长空骇浪西风卷，断橹摧桅废胆肝。

二

窗外西风似虎狼，夜深人静最疯狂。

声音凄厉惊天地，欲把萧条一扫光。

（2021 年 11 月 22 日，农历十月十八）

米酒乡愁

一

米酒醉乡愁，闻香欲泪流。

天涯萍迹苦，何日直回舟。

二

新酒到茅庐，闻香烫两壶。

举杯谁与共？思念上征途。

（2021 年 11 月 24 日，农历十月二十）

贺《花开四季》出版发行

新书乍到墨含香，四季花开竞短长。

入木三分争耀眼，原来字字尽珠光。

（2021 年 11 月 26 日，农历十月二十二）

贺紫红泥大道命名开工

政府修大道，名命紫红泥。

古镇通新路，贫民致富梯。

开工逢吉日，成事鼓佳鼙。

美酒神华酿，闻香醉马蹄。

（2021 年 11 月 28 日，农历十月二十四）

睡个天昏地暗

静卧晨昏无昼夜，欲求物我两迷茫。

万千幻境皆真实，二八胡言是序章。

（2021 年 11 月 28 日，农历十月二十四）

万物皆须守本分

土猪吃食似欢歌，腊月寒冬期待多。

欲想成仙休好色，曾经元帅落天河。

（2021 年 11 月 29 日，农历十月二十五）

且做苦吟人

原本无须作苦吟，偶添趣味逗开心。

偏逢诸事差人意，且把闲时他处寻。

（2021 年 11 月 30 日，农历十月二十六）

有信念就有道路

人生好似一场球，奋勇争先各自由。

万事心中须有念，穷途下酒可消愁。

（2021 年 11 月 30 日，农历十月二十六）

无心插柳

首发新书借酒狂，千杯醉后自凄凉。

今生本欲专公务，无奈斜枝成柳墙。

（2021 年 11 月 30 日，农历十月二十六）

北漂之苦

京城闯荡偶涂鸦，一晃多年无所夸。
逐浪随波千万里，愁眉苦脸落霜花。

（2021年12月1日，农历十月二十七）

相忘于江湖

居家小酒自开颜，忘却江湖有海天。
尽把闲情陪月去，再无昼夜拥愁眠。

（2021年12月4日，农历十一月初一）

新书上架

新书初上架，顾盼觅知音。

杨意凌云赋，钟期流水琴。

人情微似纸，世态淡于今。

若比寒冬冷，无非是内心。

（2021 年 12 月 5 日，农历十一月初二）

一切随缘

与世无争结善缘，粗茶淡饭保平安。

勿求风雨同舟渡，海角天涯各自欢。

（2021 年 12 月 6 日，农历十一月初三）

日升日落

东升西落两情怀，喷薄含羞归隐呆。

蓄势中天酬万物，九霄之上笑尘埃。

（2021 年 12 月 7 日，农历十一月初四）

北方的山

穷山恶水怕冬寒，满目萧条荆棘残。

春夏稀枝星点绿，西风过后尽荒磐。

（2021 年 12 月 9 日，农历十一月初六）

愁白了头

对镜青丝剩数根，其间白发又三分。

今生总是开心少，不尽愁眉似乱云。

（2021 年 12 月 10 日，农历十一月初七）

欲去还留

万里江山一片红，层林艳色晓光融。

祥云溢彩西天上，欲去还留心向东。

（2021 年 12 月 11 日，农历十一月初八）

尽在不言中

今始无言实践中，三番未诺信何从。

修身本应虔诚侍，岂可随风逐俗庸。

（2021 年 12 月 12 日，农历十一月初九）

梧桐与凤凰

梧桐秋后凤凰稀，叶落枝枯无地栖。

别待来年新绿满，今宵别处歇高梯。

（2021 年 12 月 13 日，农历十一月初十）

梦也寒碜

梦里翩飞越海山，天宫漫步也休闲。
繁星一把风吹去，七彩光辉照汗颜。

（2021 年 12 月 14 日，农历十一月十一）

知音不嫌远

快递新书去八方，心声诉尽少愁肠。
知音不觉天涯远，暮暮朝朝日月忙。

（2021 年 12 月 14 日，农历十一月十一）

雪后新光冷

深冬雪后新光冷，垂暮言时旧色残。

清爽随风贪远近，孤单携影忆悲欢。

（2021 年 12 月 15 日，农历十一月十二）

隆冬月满

满月圆三五，隆冬封数九。

寒光染雪霜，冷气僵杨柳。

（2021 年 12 月 21 日，农历十一月十八）

贺轩潞喜得贵子

千金诚可爱，靓仔也欣然。
频把佳音报，天天抱酒眠。

（2021 年 12 月 22 日，农历十一月十九）

雨雾雪灯

雾里灯花似玉兰，九霄星火冷阑珊。
寒冬不敌人心志，雪雨难平胯下鞍。

（2021 年 12 月 23 日，农历十一月二十）

新雪遐想

一

深冬雪后新光冷，垂暮言时旧色残。

清爽随风贪远近，孤单携影忆悲欢。

二

雪老群山满鬓霜，光贪艳色浅红妆。

青烟柱柱云天上，望眼频频海石荒。

三

寒山远望各斑斓，一色长空尽玉颜。

少有浮云能蔽日，天光雪映自悠闲。

（2021 年 12 月 24 日，农历十一月二十一）

雪里风光

雪似杨花轻似梦，无风自舞送梅香。

天光更是含羞至，悄悦红颜云里藏。

（2021 年 12 月 24 日，农历十一月二十一）

《天涯飞絮》出版座谈会感言

忠言逆耳利诗词，砥砺初心志不痴。

愿向高峰勤奋发，沉浮江海自驱驰。

（2021 年 12 月 24 日，农历十一月二十一）

贺王方乔迁之喜

平安迁府第，祥瑞满厅堂。

尽把宏图展，扬帆又启航。

（2021年12月24日，农历十一月二十一）

人世也空蒙

人间嬉笑语，入耳觉空蒙。

恰似深山里，鸟鸣风涧中。

（2021年12月29日，农历十一月二十六）

辞旧迎新

今夜无言辞旧岁，明朝旭日启新篇。

寒冬自会随风去，世事还需怜眼前。

（2021 年 12 月 31 日，农历十一月二十八）

元旦寄语

新年祝福似春风，温暖人心各动容。

尽剪烦愁随逝水，同怀壮志上高峰。

（2022 年 1 月 1 日，农历十一月二十九）

贺 寿

年年元五寿，岁岁贺平安。

事业开新局，人生享至欢。

才能邀雨霁，智可化冰寒。

谈笑春风起，鹏程前路宽。

（2022 年 1 月 5 日，农历腊月初三）

赞明珠嫂子

明珠今始见，美艳竞群芳。

婉转桃花面，温柔似玉光。

（2022 年 1 月 5 日，农历腊月初三）

少小离家老大回

久别再相逢，乡音似酒浓。

闻声双泪落，触景寸心忪。

握手嘘寒暖，低头回恪恭。

经年多趣事，破涕笑从容。

（2022 年 1 月 6 日，农历腊月初四）

虚虚实实

厅堂静卧觉空灵，恍惚深山绝鸟声。

偶遇松涛飞谷顶，入心又似车驰鸣。

（2022 年 1 月 7 日，农历腊月初五）

见家乡年味有感

老四家乡致富忙，年关备货宰猪羊。

山珍海味檐前挂，烟酒茶糖柜里藏。

打扫尘埃辞旧岁，升腾瑞气接新光。

感恩阔步好时代，天下人人享福康。

（2022 年 1 月 12 日，农历腊月初十）

不 追

周末休闲一觉随，艳阳高照满窗帷。

心知世外风光好，手枕昏头不想追。

（2022 年 1 月 16 日，农历腊月十四）

太阳雪

世上奇谈怪事多，阳光底下雪婆婆。

羞惭昏暗高天日，丧气垂头无奈何。

（2022 年 1 月 20 日，农历腊月十八）

大寒飞雪

大寒飞雪顺天时，冷日微光照雾姿。

远近江山谁素裹，徘徊步履自神驰。

（2022 年 1 月 21 日，农历腊月十九）

高楼观雪

雪雾朦胧烟雨色，云楼隐逸海山形。
高低草树承花露，远近人仙隔世萍。

（2022 年 1 月 22 日，农历腊月二十）

冰水润心

擒起冰花化手心，心灵沐水自清沉。
沉明不怒身边物，物似云烟亦可擒。

（2022 年 1 月 25 日，农历腊月二十三）

恶习难改

千般恶习有谁移，万卷贤书空自悲。

劝诫潜心修大德，痴迷执意失良知。

（2022 年 1 月 26 日，农历腊月二十四）

减肥偶得

臃肿缠身欲减肥，减来减去肉成堆。

人生苦旅非求瘦，日省吾心勿废颓。

（2022 年 1 月 27 日，农历腊月二十五）

大漠印象

孤烟一柱直擎天，万里穹庐作伞圆。

大漠黄沙星夜黑，昏灯小屋影身怜。

（2022 年 1 月 28 日，农历腊月二十六）

生于忧患

青松垛里躲风吹，荒野求生谁怕谁。

铁骨铮铮今变异，温柔化物把人移。

（2022 年 1 月 29 日，农历腊月二十七）

冬奥写真

简约安全精彩

简约致清明，安全利众生。

东方神韵地，精彩自纷呈。

奥运村

旌旗招展地，处处醉新颜。

四海英豪聚，心心向五环。

冬奥遇春节

冬奥双城聚，群英八面来。

冰场呈异彩，雪域绽红梅。

绝顶飞天舞，平湖逐浪徊。

倾心身手显，佳节乐怀开。

鸟巢盛夜

鸟巢星夜天，圣火复燔燃。

友谊旗高举，和平愿广宣。

五湖歌嘹亮，四海舞翩跹。

众望归何处，苍生幸福前。

国家速滑馆——冰丝带

奥运添新馆，冰丝带上悬。

层层加速叠，道道激情燃。

婉转妖娆线，玲珑剔透弦。

浑天成一体，精妙世无先。

首钢滑雪大跳台

虎跃龙腾大跳台，星光璀璨水天开。

旧颜新貌真奇迹，尽是中华智慧裁。

国家高山滑雪中心——雪飞燕

虎卧龙盘居险奇，山高势赫竞逶迤。

凌空飞燕衔春至，玉洁冰清花染眉。

护卫（虎威）冬奥贺新春

鲜红洁白两争辉，冬奥逢春喜气围。

若问长天谁好客，神州大地虎生威。

女子冰球获首捷

女子冰球赢首捷，终场绝杀建奇功。

身心矫健飞龙凤，技艺高超赛虎熊。

头顶长城威八面，手持曲棍绣三红。

巾帼不让男儿色，正月何堪足下穷。

（2022 年 1 月 30 日 2 月 4 日，农历腊月二十八至正月初四）

立春赞歌

肆虐寒冬刚欲歇，新芽破土已成春。
霜天化水东流去，万物潮头各奋身。

（2022 年 2 月 4 日，农历正月初四）

花香鸟怒

喜得兰花一小盆，幽香袭远透窗门。
门窗难掩鸟声急，急怒无人觉己存。

（2022 年 2 月 5 日，农历正月初五）

发扬女足精神

铿锵绽放领风骚，荣耀全凭汗水浇。
女足精神堪国宝，从来遇敌不弯腰。

（2022 年 2 月 8 日，农历正月初八）

唉

梦里缠身梦外疼，新春却少好心情。
虎年病患独欺我，无尽烦愁似草生。

（2022 年 2 月 8 日，农历正月初八）

恭贺新春

一

龙腾虎跃天呈瑞，人寿年丰地尽春。

事业东风千万里，身心乐意四时邻。

二

虎年承瑞气，诸事启新篇。

逝水烟云已，初心永向前。

（2022 年 2 月 8 日，农历正月初八）

闻春而动

听闻步履觉温存，知是春风悄叩门。

忘却躯残心正好，推杯换盏醉晨昏。

（2022 年 2 月 11 日，农历正月十一）

开工令

开工令下各精神，虎跃龙腾骁勇身。

无悔人生鹰搏击，长空笑傲小红尘。

（2022 年 2 月 12 日，农历正月十二）

即席感言

大浪淘沙去，真情沐雨来。

人生加减法，到老始无猜。

（2022 年 2 月 12 日，农历正月十二）

春 雪

好雨迎春作雪飘，江山蓄势竞妖娆。

寒冬苍老萧条极，最怕东风搂柳腰。

（2022 年 2 月 13 日，农历正月十三）

瑞雪迎春

瑞雪逢春化水潺，妖娆婉转秀缠绵。

天生一副玲珑态，冷暖随心总自然。

（2022 年 2 月 14 日，农历正月十四）

元宵赏灯

一

满树灯花似蝶飞，斑斓夜色一人围。

凄迷两眼堆心事，冷看逍遥独自归。

二

雪满元宵节味浓，观灯赏景两从容。

人生快意皆春色，何惧西风锁冷冬。

（2022 年 2 月 16 日，农历正月十六）

思 游

满眼春光醉，周身琐事烦。

欲飞天地外，独少一风幡。

（2022 年 2 月 25 日，农历正月二十五）

最爱清新

清新能去浊，爽朗有身心。
无惧冰天冷，欣然立雪深。

（2022 年 2 月 27 日，农历正月二十七）

花开时节最伤心

几度阴晴春作态，三朝冷暖色还衰。
痴心盼得花开日，已是长堤折柳时。

（2022 年 2 月 28 日，农历正月二十八）

怀 春

暖阳普照已多时，和煦东风也不迟。

未见花红杨柳绿，莫非刻意笑人痴。

（2022 年 3 月 3 日，农历二月初一）

贺光荣从教三十年

人生勤砥砺，沐雨更芳华。

教育初心许，耕耘硕果嘉。

星披三十载，爱发万千芽。

俯首皆成就，天涯桃李夸。

（2022 年 3 月 4 日，农历二月初二）

呼风唤雨

飞沙走石巨龙飞，唤雨呼风农事围。

任尔阴晴多变换，花红柳绿宴春晖。

（2022 年 3 月 4 日，农历二月初二）

昼夜东风急

昼夜东风急，催生万物芽。

心怀杨柳叶，意念杏桃花。

已历三冬冷，何愁一日斜。

宵昏支梦枕，旦晓泛春霞。

（2022 年 3 月 5 日，农历二月初三）

三八节颂寄

每年休半天，幸福似神仙。

日夜操持久，古今耕织专。

一心勤立业，万念奋争先。

光艳人前后，还需多自怜。

（2022 年 3 月 8 日，农历二月初六）

含苞待放

细看桃枝万点红，方知艳色爱东风。

痴情早对春心许，待嫁含羞闺阁中。

（2022 年 3 月 11 日，农历二月初九）

初春雨

初春细雨最柔情，入夜无声梦不惊。
快意朦胧随雾起，微寒缥缈借风生。

（2022 年 3 月 12 日，农历二月初十）

夜幕即景

暮色阴沉最惹愁，天涯雾断意无休。
丝丝冷雨似针刺，柱柱寒烟逐夜游。
远近踌躇钟鼓乱，高低执着管弦幽。
孤亭独举杯杯酒，对饮他乡灯火楼。

（2022 年 3 月 14 日，农历二月十二）

春暖桃花开

暖阳勤织疏枝密，红粉报春心意急。

欲笑还羞化雾遮，随风入夜幽香袭。

（2022 年 3 月 15 日，农历二月十三）

社区值守偶得

一

望远能休双眼明，登高可览一川清。

身心若在云天上，定把纷繁世事平。

二

日暮闻香觉腹空，佳肴美酒与谁穷。

飘零一世糊涂度，宿露餐风叹落红。

（2022 年 3 月 17 日，农历二月十五）

三月飞雪

一

重拾棉袍应雪天，阳春三月复冬寒。

飞花润物宁身碎，化雨随风湿地欢。

二

窗外雪飞人不知，低头伏案觉光奇。

卷帘洁白山川满，最似春花烂漫时。

（2022 年 3 月 18 日，农历二月十六）

倒春寒写意

一

雪花三月赴春期，化雨迎风带泪啼。

错失寒冬邀玉色，潜心润物把头低。

二

雪与桃花邂逅春，天涯梦幻尽温存。

飘摇互执千年手，化雨流香入一门。

（2022 年 3 月 19 日，农历二月十七）

倒春寒即景

一

三月春寒六出飞，新芽傅粉戴云归。

枝枝雪爱桃花色，缕缕香怜玉露晖。

二

飞花三月倒春寒，万物迎风浊泪酸。

本是新芽争破土，心忧半路遇身残。

（2022 年 3 月 20 日，农历二月十八）

春分感怀

鸟困笼中勤练翅，人存世上少含愁。

寒冬自取三分暖，白首相逢万事休。

（2022 年 3 月 21 日，农历二月十九）

不悲不喜

西山雾起复苍茫，夜雨无声梦不伤。
尽历人间悲喜事，风中冷看落花凉。

（2022年3月23日，农历二月二十一）

画窗照影

春宵露重压轩窗，早起无聊触指凉。
道道寒心倾作泪，模糊影里照秋霜。

（2022年3月23日，农历二月二十一）

第二辑 词

清平乐·月阴灯馨

月阴灯馨，万绪丝缠顶。窗外冷风偏不定，更扰一心清静。

默问何故多愁，消尽长夜空流。世事难随人愿，思前想后挠头。

（2021 年 1 月 27 日，农历腊月十五）

误佳期·终尽一生寻觅

终尽一生寻觅，经历穷途迢递。任凭时岁尽东流，习惯无情意。

独听北风勤，对视秋波短。若逢春景染双眉，定饮千杯满。

（2021 年 1 月 29 日，农历腊月十七）

阮郎归·西风深夜闹窗前

西风深夜闹窗前，重帷不抵寒。烛光暗淡泪双残，同怜身影单。

掀浊浪，倒排山，欺人孤枕眠。今生旧事不堪言，披衣独倚栏。

（2021 年 1 月 30 日，农历腊月十八）

摊破浣溪沙·故土年关喜气洋

故土年关喜气洋，农家村口腊醅香。串巷走街贺新岁，祝词忙。

四海为家流浪苦，三更无力晚风狂。此去余生年味少，宴凄凉。

（2021 年 2 月 1 日，农历腊月二十）

浣溪沙·牛年新春

万里春风去旧裳，满天红日换新妆，吉祥洋溢祝安康。

奋进金牛承福到，欢飞喜鹊筑巢忙，九州儿女续辉煌。

（2021年2月11日，农历腊月三十）

眼儿媚·牛年新岁开元

锣鼓喧天彻银屏，里外共欢腾。传承国粹，吉祥佳节，春晚才情。

开元新岁宏图展，圆五个文明。中华儿女，八方捷报，四化功成。

（2021年2月12日，农历正月初一）

唐多令·正月初三情人节

细雨润新枝，微风戏旧帷。看群山，雾里成堆。天远路遥云尽处，花柳色，绿红肥。

细步少沾泥，浓香尽染衣。夜昏昏，梦里双飞。醒后空留凄泪影，恨往昔，不能归。

（2021年2月14日，农历正月初三）

蝶恋花·不见东风飞柳絮

不见东风飞柳絮。窗外何人，苦苦寻花语。天上片云谁在舞？南归孤雁身边羽。

正月花灯阶下苦。看者寥寥，瑟瑟频期许。一对新人回首露，眉间点点含酸楚。

（2021年2月15日，农历正月初四）

柳梢青·春意

卷帘方见，浓浓春意，窗前偷满。莞尔东风，高楼浅唱，缠绵心愿。
柳枝婀娜飘摇，正陶醉、鹅黄初恋。香色双娇，招蜂引蝶，似伊人面。

（2021 年 2 月 18 日，农历正月初七）

柳梢青·全民脱贫

逾数千年，谁曾料想，美梦今圆。做主翻身，脱贫致富，民似神仙。
神州处处欢颜，复兴路、扶摇九天。幸福乡村，和谐城镇，再写新篇。

（2021 年 2 月 28 日，农历正月十七）

惜分飞·初春风雨

风起初春微荡漾，细雨斜飘入帐。帘卷多惆怅，恨今生不能来往。
望断天涯谁阻挡？粉雾群山不让。窗外无心赏，欲回难舍痴情状。

（2021年3月2日，农历正月十九）

西江月·细雨微风润面

细雨微风润面，高楼薄雾缠腰。何人伞下独逍遥？似与花枝争俏。
草树新芽又发，色香旧迹难消。相思萌动不堪熬，最忆销魂味道。

（2021年3月3日，农历正月二十）

南歌子·妖艳眉频举

妖艳眉频举，奢华眼尽收。花前月下竞风流，终日笙箫歌舞、几时休？
忠胆无谁理，低能有处投。一生晃荡少烦愁，却笑人间痴傻、不堪谋。

（2021 年 3 月 4 日，农历正月二十一）

南歌子·庭院风飞雨

庭院风飞雨，轩窗泪满腮。新春又至雁空来，无尽相思日夜绕楼阶。
轻抚帘还软，偷看色已呆。伤心旧枕染尘埃，弹拭更生哀婉与谁偕。

（2021 年 3 月 5 日，农历正月二十二）

醉花阴·三月江南春色满

三月江南春色满，处处含娇婉。人与蝶蜂争，手把瑶枝，眯眼闻香软。
水光倒影柔情缓，波送相思远。客地尽阴寒，雨雪飘零，雾隐桃花面。

（2021年3月6日，农历正月二十三）

临江仙·烟霞雨雾江南美

烟霞雨雾江南美，频频共醉风情。罗衣妆点四时惊。早春飞紫燕，冬
暮色香生。

痴情难舍终夜里，眉峰双聚围屏。金枝摇曳鹊飞鸣。群芳招蝶舞，独
少旧人婷。

（2021年3月7日，农历正月二十四）

浪淘沙·阴冷阻春天

阴冷阻春天。雨雪风烟。岁寒难去旧枝残。翘盼新芽何处觅？冻土跟前。

初露绿争喧，谁敢遮拦？四时更替自悠然。休想违心颠倒逆，不像人间。

（2021 年 3 月 8 日，农历正月二十五）

鹧鸪天·上海嘉兴星火燃

上海嘉兴星火燃，中华大地化冰寒。初心永驻春风劲，使命长存意气轩。

复兴路，凯歌还。披荆斩棘换新颜。百年华诞潮头立，独领风骚万万年。

（2021 年 3 月 8 日，农历正月二十五）

鹧鸪天·庆祝三八妇女节

立地顶天领半边，今朝妇女尽开颜。千年旧压如枷锁，一日新生似凤仙。

三月八，各翩跹。桃红满面竞嫣然。春风更把旌旗舞，大业宏图巧手编。

（2021 年 3 月 8 日，农历正月二十五）

浪淘沙·转眼又春天

转眼又春天。美好江山。醉人花色好缠绵。独步新风芳径里，尽享悠闲。

世事莫嫌烦。枉自凭栏。顺时随意可心安。误入红尘昏浊地，笑饮清欢。

（2021 年 3 月 9 日，农历正月二十六）

虞美人·轮回时序春先到

轮回时序春先到，满眼新花草。闻香入夜梦翩跹，醒后徒生惆怅、叹无缘。

曾经莽撞无心智，贻误人间事。奈何终老尽冬秋，独守惭魂遗恨、不能酬。

（2021 年 3 月 10 日，农历正月二十七）

南乡子·周末得闲家

周末得闲家，疲惫残躯目不斜。心绪朦胧惊梦里，仙葩，朵朵含情伴月华。

睁眼看窗纱，夜雨微寒冷鹊鸦。睡意早无谁似我，天呀，世事人生两落花。

（2021 年 3 月 12 日，农历正月二十九）

鹊桥仙·春闺

雨云起处，山天隐地。极目少能见底。频频侧耳倚栏听，无音讯、相思更厉。

神魂颠倒，心情烦乱。时日常常如此。人仙两隔有佳期，最无奈、平常家里。

（2021 年 3 月 13 日，农历二月初一）

鹊桥仙·龙抬头

雨丝成雾，云层蓄势。今日是龙腾处。抬头一片白茫茫，谁知晓、真身何许？

蜗居卷缩，徘徊惆怅。厮守遭逢无助。若非翘首盼春归，怎会有、这般景遇？

（2021 年 3 月 14 日，农历二月初二）

一斛珠·盛情难已

盛情难已，尽将心事频抛弃。酒杯需适他人意。饮尽豪言，似是真仗义。

时光近似空流水，谁知可据金银贵。奈何少有多珍类。善发微声，早作回家计。

（2021 年 3 月 15 日，农历二月初三）

一斛珠·沙尘暴

抬头竟现，绿珠枝上轻轻颤。细看原是新芽满。翠柳依依，恰似佳人懒。

翩飞喜鹊声婉转，来回唤得香魂软。粉尘欲把情丝断。无奈春来，能挡几时暗？

（2021 年 3 月 15 日，农历二月初三）

踏莎行·此处才新

　　此处才新，他乡已老，相思断线何方表？彼消此涨愿无妨，今生约定何时了？

　　树下徘徊，窗前潦倒，痴心错位因花草。时移世易更愁人，魂消香散谁知晓？

（2021年3月16日，农历二月初四）

临江仙·盼春归

　　翘盼春归三月里，浮尘云雾连连。四方迷断接窗轩，似居玉宇上，不见彩云鬟。

　　一夜清清斜雨细，尽还杨柳新颜。桃红带露滴香涎，玉簪青鬓湿，粉面若花鲜。

（2021年3月18日，农历二月初六）

蝶恋花·平生几度春光好

细数春天时不早。才见桃花，朵朵含情少。抬眼杨花似枯槁，满园春色何时到？

海棠一树新枝俏。未见青梅，定是花还小。人自多情怜花草，平生几度春光好？

（2021 年 3 月 19 日，农历二月初七）

一剪梅·无尽春愁少有安

无尽春愁少有安，风秀缠绵，雨秀缠绵。长空满眼尽阑珊，星自悠闲，月自悠闲。

几许烛光照枕寒，身也孤单，影也孤单。春时过后百花残，香尽谁怜，色尽谁怜。

（2021 年 3 月 21 日，农历二月初九）

河传·时光尽误

　　时光尽误，玉肌香散去。凭栏怜抚。槛外落英，片片带愁含露。已暮年，偏自许。

　　凭栏惋怅春寒助。粉面红唇，可把痴情语。蓬发倦眉，锦瑟无心倾诉。叹今生，这地步。

（2021 年 3 月 22 日，农历二月初十）

一剪梅·革命的风

　　尽扫浮尘彻夜驰，苦不推辞，累不推辞。春秋四季自轮回，暖去残枝，冷去残枝。

　　道义天成使命痴，晴少休时，雨少休时。循环往复事千秋，山尽多姿，水尽多姿。

（2021 年 3 月 23 日，农历二月十一）

渔家傲·风雨凄凄连夜起

风雨凄凄连夜起，薄帘难挡春寒里。已暮花开能有几？非本意，今生约定心无底。

几度销魂均梦呓，孤床最是伤心地。醒后难眠凄寂毁。鲛绡泪，老天不替痴情计。

（2021 年 3 月 24 日，农历二月十二）

渔家傲·惆怅人生无自己

惆怅人生无自己，尽随骇浪惊涛起。风雨飘摇何所倚？千万里，长河大漠烟云际。

杨柳新颜非悦己，落红点点催人泪。欲向苍天倾心意。不搭理，星辰日月虚遥睇。

（2021 年 3 月 25 日，农历二月十三）

画堂春·美图屏霸尽春花

美图屏霸尽春花，惹人细问何家。未曾寻得也频夸，爱慕奢华。

娇艳芳香妩媚，粉红洁白无瑕。落红憔悴秃枝丫，又有谁察？

（2021 年 3 月 28 日，农历二月十六）

锦缠道·已到佳期

已到佳期，少见杏红枯树。恨沙尘，频繁遮阻，花残月损哀无助。待雨来时，垢面蓬头露。

本该香色飞，奈何迷雾。眼朦胧、似由纱捂。愿这般、好事多磨，日出云开后，再约春光住。

（2021 年 3 月 28 日，农历二月十六）

苏幕遮·粉桃花

粉桃花，红杏蕊。春色多情，更有梨花帔。雨露含香珠玉泪。天外薰风，一地相思坠。

几多愁，无尽悔。顾盼无人，归去和衣睡。入梦江边波绿碎。新柳无言，默看孤舟退。

（2021年3月29日，农历二月十七）

青玉案·孤床醉卧三更醒

孤床醉卧三更醒，错愕处、身心冷。满眼昏沉多幻影。依稀旧夜，寂寥新咏，欲诉无人领。

谁家酒后寻幽静？往事何堪已修定。抛却烦愁休对镜。诗书枕下，韶光头顶，再把残生等。

（2021年3月31日，农历二月十九）

天仙子·大别群峰争峻秀

大别群峰争峻秀，碧水蓝天延益寿。花香鸟语四时浓，龟昂首，腾云岫，女织男耕添锦绣。

一颗红心跟党走，劈地开天功不朽。精神万代永光芒，再抖擞，新旗手，时代辉煌今写就。

（2021 年 4 月 1 日，农历二月二十）

青门引·昨夜心烦闷

昨夜心烦闷，忙乱忘携词本。清凉雨雾怎生填，迷茫无尽，满是闹春窨。

昏灯影里鸡声困，寂静平添恨。体疲气倦人钝，晓来始觉梨花嫩。

（2021 年 4 月 8 日，农历二月二十七）

千秋岁·寻春不见

寻春不见，远走他乡晚。惆怅厚，忧愁满。看桐花引蝶，听鸟声招伴。能不恨，天涯浪迹风飞乱。

已逝桃花短，才放丁香散。去日少，归时浅。春光欺我很，天色非人软。真无奈，晴空万里虚望断。

（2021 年 4 月 16 日，农历三月初五）

何满子·顾盼春风不得

顾盼春风不得，觅寻香色还虚。欲赏偏逢尘雾扰，扭头花落枝枯。未把烦愁稍减，又将惆怅多余。

天意无情莫怪，世间残劫须除。已逝前生成旧事，是非休再踌躇。春去尽生新绿，梦回心似云舒。

（2021 年 4 月 18 日，农历三月初七）

西江月·金枝国槐

已去又回恋色，才看再赏贪容。非花艳绝百花丛，唯有国槐堪颂。
雨里新光一道，晴时靓影千重。仲春娇嫩暮秋浓，玉叶金枝争宠。

（2021年4月19日，农历三月初八）

风入松·榆钱凝翠自飞花

榆钱凝翠自飞花，款款谁夸。凄凉一地随风起，似飘鳞、怨蝶昏鸦。
旋转翻身轻落，叮铃作响虚哗。
春归香尽绿承家，谷雨催芽。偏逢此际怀春色，欲招人、瞩目倾斜。
原想暮春成景，满怀失望嗟呀。

（2021年4月21日，农历三月初十）

— 181 —

祝英台近·雨新停

雨新停，花早谢，春暮绿茵叠。几缕斜阳，不知是谁捏。窗前寥落稀疏，千般无奈，似残影、随行不撤。

晚来歇、心忧长夜焦熬，饮杯酒浓烈。惆怅今生，尽成烟云灭。万千心愿东流，作他人客。梦中竟、痴情难绝。

（2021 年 4 月 23 日，农历三月十二）

御街行·开封

开封夜色烟云起，欲寻觅、灯红地。官街楼榭竞萧条，时见门前光细。繁华书上，汴河非昨，惆怅无心意。

徐来已遇龙亭闭，午门外、双狮厉。风残杨柳秀凄凉，全失妖娆滋味。归程趁早，扬鞭催马，携酒途中醉。

（2021 年 4 月 26 日，农历三月十五）

御街行·什刹海

京城圣景斜街里，什刹海、人声沸。湖边新柳笑云天，船上逍遥佳丽。坊廊悠远，巷堂喧闹，今古繁华地。

休闲独往邀谁醉？水窄处、桥萌起。携扶银锭尽成双，红袖盈波招忌。西山少望，烟霞微染，徒有缠绵意。

（2021年4月28日，农历三月十七）

蓦山溪·樱桃沟"一二·九"纪念亭

密林深处，学子身心恸。刻石作山盟，卫华北、死生与共。竭声呐喊，唤醒国人从，砭时政、习文武，为把河山拱。

精神不朽，后辈争承颂。松柏永常青，传千古、并肩接踵。旌旗招展，时代唤新功，兴中华、固长城，四海潮头弄。

（2021年4月29日，农历三月十八）

蓦山溪·樱桃沟

西山怀抱，奇异幽深地。订木石前盟，许终生、红楼梦碎。泉流徐歇，清泪失仙源，尘缘绝，香魂尽，灵秀归来寐。

水杉银杏，厮守成双贵。湖浅草萋萋，鸳鸯渡、交相成对。旧情未了，新粉笑东风，又撩人，再勾魂，欲与樱桃醉。

（2021 年 4 月 30 日，农历三月十九）

洞仙歌·游植物园

阴晴交替，引妖妍多变。曲径条条送幽远。喜清新、纵有万卷愁肠，也不敌，两眼红奢绿满。

赞丁香簇拥，树树香薰，粉面含羞待人挽。玉兰海棠谢、都怪心痴，相思切、殷勤早献。爱牡丹、寂静待佳期，开娇艳、风流竞相招展。

（2021 年 5 月 1 日，农历三月二十）

潇湘夜雨·云淡天清

云淡天清，衣单风疾，顿生万卷愁肠。阴阳交错，送阵阵炎凉。春欲去、余光暗冷，花已谢、残瓣偷香。东风紧，涛声似海，草树舞癫狂。

群楼争耀眼，白墙黛瓦，私自光芒。叹扶风柳，乱诉痴肠。山色远、朦胧滴翠，心意少、稀落蒙霜。浮云影，人生不定，随处卧沧桑。

（2021 年 5 月 3 日，农历三月二十二）

满江红·圆明园

念旧怀新，游故地、心潮怦动。万园竟、画桥烟柳，引人喧拥。曲径藏幽风韵厚，小桥流水诗魂众。望四处，零散卧残垣，勾伤痛。

荒址上，凄凉耸。孤碑里，悲哀统。刻石记暴行，字字惊悚。天下园林烟火尽，世间珠宝妖魔捧。兴中华，扬善肃奸邪，争英勇。

（2021 年 5 月 4 日，农历三月二十三）

玉漏迟·梁启超墓园

慕名还苦觅，小房简盖，矮墙粗砌。荒径曲弯，四顾见墟亭置。细看碑文数处，欲辨别、神驰仙地。终诧异、寥寥数语，说先生履。

书中领略才华，感慨念苍生，少年维系。歧路求通，救国救民真理。彪炳千秋功业，由后辈、传承匡继。松柏里，寂静看江山美。

（2021 年 5 月 5 日，农历三月二十四）

水调歌头·大风歌

犀利已三日，入夜也波涛。满空飙扫，尘尽山动地飘摇。不管楼高天远，揽月清波做伴，天外得妖娆。独立九霄上，飞袖舞江潮。

让人羡，多自在，少煎熬。万千意气，挥洒澎湃各逍遥。高兴频书心绪，忧郁尽含文采，无不领风骚。偶把前生事，聊唤雨烟消。

（2021 年 5 月 6 日，农历三月二十五）

满庭芳·游圆明园

烟柳斜飘，水波微漾，满园山色湖光。小桥流水，接曲径幽香。远望瑶台楼阁，曾宴尽、玉露琼浆。仙娥舞，妖娆倒映，醉里外霓裳。

看层林竞秀，莺歌燕语，叶碌花忙。想当年，繁华毁后凄凉。怎不频生愤懑，引儿女、无限悲伤。今携手，中华崛起，谋世界辉煌。

（2021年5月8日，农历三月二十七）

凤凰台上忆吹箫·母亲节

云淡风清，日高山远，又逢无限风光。看面容憔悴，乱满孤床。终夜难消旧酒，无睡意、往事频伤。台前镜、空留只影，倦倚残窗。

常常，满怀抑郁，浮印象千重，尽是爹娘。此日非虚设，招惹凄凉。天下欢颜团聚，谁管我、游走他乡？余生愿、恩情海深，福寿天长。

（2021年5月9日，农历三月二十八）

烛影摇红·初夏

月季初开，色香芳艳风光醉。绿肥满树附风流，雏鸟新声脆。清爽晨曦金贵。尽照耀、亭亭玉类。雪肌香很，影远还浓，春光不配。

乍暖还寒，乱风吹得人憔悴。春心难解惹烦愁，未及时先退。还是夏初最美。倚墙根、妖娆吐蕊。梦回千转，屡问韶光，肯留一辈？

（2021 年 5 月 10 日，农历三月二十九）

暗香·鸟啼声俏

鸟啼声俏，醒枕边梦境，依稀天晓。倦眼朦胧，斜看犹疑鬓云绕。惊起方知幻影，空惆怅、自生痴笑。虚静坐、两指揉眉，窗外又新照。

刚好，候钟闹。懒散盥洗时，镜中偷瞟。已非旧貌，心意萧条汗颜老。怎敢相邀小院，携手共、踏寻芳草？绿树上、枝叶里，杏桃青小。

（2021 年 5 月 11 日，农历三月三十）

声声慢·辛辛苦苦

辛辛苦苦，恳恳勤勤，时时刻刻处处。步步惊心，身历数巡风雨。闲余少事歇息，竟混成、此生虚务。最抑郁，枉愁眉、欲问孰知何故？

引首苍穹倾诉，招惹他、抛遮满天云雾。转世轮回，别再这般境遇。今生奈何已逝，把孤魂、托付陌路。具往也，勿怅恋、瑶阁玉树。

（2021 年 5 月 12 日，农历四月初一）

声声慢·春来山寺

春来山寺，艳满清溪，流香婉转悠然。妙舞徘徊，素心独爱滩湾。参差岸边草树，最多情、倾动难安。皆献媚，水中妖娆影，梦幻千般。

栖鸟痴癫频试，点波偷、香满红嘴邀欢。四面回音，丝丝柔润幽兰。浮云尽生羡慕，竟携来、仙界蓝天。尘世外，养身心、流恋忘年。

（2021 年 5 月 14 日，农历四月初三）

双双燕·梦境

梦回故地，见人去楼空，燕孤枯树。晴空万里，顾盼觅寻无路。偏是相思最苦，屡牵挂、泥香旧宇。轩窗早失红绡，俏影今朝何处？

谁误？蛛丝穴土。料此去经年，尽无情绪。曾经颦笑，化作蓼薰花语。惆怅今非昨去，欲忘却、温存云雨。惊醒万种愁情，唯听数声夜鼓。

（2021 年 5 月 15 日，农历四月初四）

昼夜乐·邂逅

若然梦境今朝遇，顿生就、情千缕。峰回路转天涯，惊异多年未许。尽将愁眉云卷去，笑还羞、朱唇微露。执手细端详，忆形容稍素。

灯前把酒低声语，恨从前、不曾吐。醉中望眼迷离，欲把余生托付。但借良宵圆月处，虚广袖、鸟依桦树。共叙少年心，起身双飞舞。

（2021 年 5 月 16 日，农历四月初五）

琐窗寒·午后昏沉

午后昏沉，纷繁梦扰，了无情绪。三杯小酒，把大好时光误。卧孤床、万般幻景，假真都是伤心处。欲起还慵懒，迷茫乏力，不嫌天暮。

何故？三更雨、打窗外芭蕉，更添凄楚。连绵淅沥，尽是天涯愁苦。晚风潮、帘卷清寒，唤醒旧地承朝露。再伤神，独自残宵，怎把痴情语？

（2021 年 5 月 17 日，农历四月初六）

瑶台聚八仙·风雨无常

风雨无常，今朝又、抛撒万里迷茫。伴惊雷动，卷起一地疯狂。欲醉虚邀窗下月，偏逢冷看烛前光。两凄凉。此生久别，已是花黄。

何堪蛙声骤起，卧孤床枕上，不得安详。似曾相识，新添半截心伤。三更韶音旧客，竟能宿、人家浅水塘。涓涓泪，恨不知时节，屡湿红裳。

（2021 年 5 月 20 日，农历四月初九）

陌上花·残花旧梦堪怜

残花旧梦堪怜，还有寄情之处。历尽沧桑，惊艳一春花树。弃蜂蝶逐香追色，独把此生期许。待风霜、雨雪合消容貌，把凄凉赋。

想人生、若遇无情决，定会伤心无助。但愿天天，执手挽星星住。再多粉黛皆无视，专挡萧萧风雨。望天涯，固有怡情他诉，怎甘心去？

（2021 年 5 月 21 日，农历四月初十）

解语花·月季

东风不嫁，夏日常怀，偏与光争粲。色香心愿。都圆在、微露半开时段。含情尽献。醉人处、谁嫌君晚？耀眼前、比太阳光，胜似千千万。

摇曳丰姿灿烂。惹人弯腰嗅，妖娆多变。不能常伴。开三季、频把色香新绽。无边热乱。怎忍受、难消难散？更恨它、雨雪风霜，躲云天羞见。

（2021 年 5 月 22 日，农历四月十一）

念奴娇·建党百年北京大学怀古

百年华诞，忆初心萌动，北大开化。京沪双骄燃圣火，驱逐神州寒夜。汇聚英才，宣传主义，壮举铭佳话。生于忧乱，以忠贞作砖瓦。

前赴后继图存，为民为国，甘愿头颅舍。博雅未名终见证，已是一湖春夏。昔日沧桑，今朝卓著，前路辉煌也。精神光大，自由民主尊者。

（2021 年 5 月 31 日，农历四月二十）

换巢鸾凤·相思

炎热无边，觅清凉不得，草树生烟。薄情云作态，肆意酒成欢。姑求沉醉解心烦。举杯却无天涯一端。真欺我，寂寞地、欲邀君返。

期盼。常做伴。风雪雨晴，时刻相思满。冷送温馨，热栖凉爽，终老时光休管。幽梦长存笑声甜，烛光残照菱花暗。痴情缘，结知音、各自嗟叹。

（2021 年 6 月 6 日，农历四月二十六）

东风第一枝·高考

又是开科，曾经赴考，本心依旧年少。寒窗苦读求知，妙趣横生悟道。青春绽放，靠奋斗、换来安好。若少成、无悔今生，拼搏让人骄傲。

休抱怨、时光易老，莫惧怕、人生多扰。兼程风雨阳光，阔步秋冬春晓。珍存当下，尽诸事、勿求回报。听天命、恪守初心，是非各由他表。

（2021年6月10日，农历五月初一）

庆春泽·未名湖

塔映湖光，天垂玉色，春归草树萋萋。风静波平，鱼尾轻起涟漪。石舫新旧皆风月，自成双、里外相依。鸟纷飞，声满长空，影歇边堤。

今生过客偷惊羡，怕令他人笑，悄悄沉迷。博雅甘泉，润泽绝世雄奇。中华学子心仪地，广胸襟、四海驱驰。竞风流，续写辉煌，吐气扬眉。

（2021年6月11日，农历五月初二）

翠楼吟·雾隐山前

雾隐山前，云栖日下，阴沉寂寥烦躁。东明西暗处，欲行雨风欺人老。姗姗来到。看鸟鹊高飞，房檐低小。萋萋草。寄居篱下，尔心何表？

算了。休自多情，借一时凉爽，暂消烦恼。世间多少事，岂能尽圆千般好。无须缠绕。待雾散云开，扬眉欢笑。人生道。古今遗恨，与花争俏。

（2021 年 6 月 16 日，农历五月初七）

瑞鹤仙·飘摇久未已

飘摇久未已。见雨雾烟云，总生情意。频频倚栏地。盼他乡音讯，往来谁寄。号声尖细，更平添、孤凄万里。到夜深、犬吠连天，惊醒贪欢心事。

常记。莺啼杨柳，燕舞厅堂，各成双对。鸳鸯戏水，互里外，共交替。愿秋冬春夏，香痕不尽，长伴终生到底。在天涯、千万无奈，付诸景致。

（2021 年 6 月 17 日，农历五月初八）

水龙吟·江山如画

雨消往日昏沉，今朝四处清新霁。凉风送爽，蓝天垂碧，祥云写意。万马欢腾，千帆游弋，往来承继。有鲲鹏展翅，轻盈自在，扶摇上、三千里。

满眼婆娑绿翠，与天云、交相争媚。时时驻足，痴迷难舍，恐稍有悔。远近山河，高低意气，各成天地。看江山似画，苍生乐业，古今谁替？

(2021 年 6 月 19 日，农历五月初十)

齐天乐·夏日

漫天热焰倾巢涌，双眼望无终日。杨柳生烦，蛙蝉鼓噪，情状均因时律。阴凉难觅。见万里无云，千湖沉璧。远近空蒙，去来皆是枉心力。

人生回望堪急。恨光阴似箭，总难延及。酷暑何妨，严寒久已，冰火消磨谁敌。经年砥石，借岁月欢歌，此情何必？年事新高，剩声声叹息。

(2021 年 6 月 22 日，农历五月十三)

雨霖铃·善待余生

群山深僻。倚孤窗看，细雨绵密。昏沉雾霭遮断，前程不再，伤心堆集。竹韵松涛风发，诉胸中孤寂。听涧泉、哀婉低鸣，坠入云渊悄声泣。

凝眉枉自青衫湿。掩愁帘、懒与凄凉敌。今生已成伤逝，休再叹、了无新迹。独守空门，天路崎岖，万里何极？勿远眺、善待余生，尽把欢娱觅。

（2021 年 6 月 26 日，农历五月十七）

喜迁莺·莫负好时光

民渐富，国徐昌，华夏再辉煌。感恩歌舞伴霓裳，双眼放光芒。

情激昂，声婉转，幸福安康人羡。初心使命永芬芳，莫负好时光。

（2021 年 6 月 27 日，农历五月十八）

喜迁莺·普天同庆党的百年华诞

百年华诞。看竞秀花灯，精彩无限。四海高歌，万民欢庆，倾尽满腔心愿。儿女真情流露，日月清辉陪伴。放眼望，见江山如画，天高云远。

都把神州羡。安定祥和，似乐居仙苑。使命初心，理想信念，经历坎坷不变。红色基因赓续，革命精神璀璨。复兴梦，正扬帆奋发，指日实现。

（2021 年 6 月 28 日，农历五月十九）

永遇乐·自愧不如

偶读名篇，各怀奇志，悲哀侔拟。提笔生花，闻香起舞，更自惭形秽。爱民忧国，建功立业，生死风光迤逦。叹余身，平凡浅薄，妄把古今非议。

寒来暑往，春华秋实，岁月循环流逝。白发频飘，青春尽去，苍老随心至。空怀伤感，徒添烦恼，欲把今生聊寄。看斜阳，光芒不再，西山日细。

（2021 年 7 月 3 日，农历五月二十四）

南浦·独守凄凉

庭院守凄凉，独饮时，惆怅无人能懂。花草竞萧条，双谢日、荒芜有丘成宠。倚栏久盼，天涯望断浮云耸。芳草萋萋交错处，思绪借风摇动。

千头万绪还沉，压眉低、装满一腔伤痛。期盼尽成空，随风雨、飘落远方谁送。苦甘与共。此生还做多情种。布谷声凄心意冷，频问故人何用。

（2021 年 7 月 10 日，农历六月初一）

望海潮·回顾与展望

昔时孱弱，今朝强大，中华千古奇功。维护主权，安康社众，神州万载青松。阔步有天宫。放眼是宇宙，浩瀚无穷。共享前程，人类命运永相通。

和谐南北西东。走阳光大道，步履从容。安世爱民，扶贫济困，光辉照耀鸿蒙。辈出尽英雄。次第开新局，四海推崇。民主文明进步，携手上高峰。

（2021 年 7 月 12 日，农历六月初三）

望海潮·天高云淡

天高云淡，江宽海阔，令人心旷神怡。时变境迁，寒来暑往，笑看草嫩莺肥。往事再休提。坎路尽放眼，无限风姿。大好河山，秋冬春夏竞芳菲。

挺胸阔步扬眉。惯风云变幻，雨雾凄迷。川域晓行，枫林夜宿，遨游南北东西。畅饮酒千杯。狂歌声万里，痛快淋漓。纵遇雷鸣电闪，也不把头低。

（2021 年 7 月 15 日，农历六月初六）

绮罗香·自画像

　　峭壁飞攀，悬崖迅度，险阻艰难谁怕？荆棘纵横，一路坎沟平跨。破鞋帽、闯荡天涯，紧衣食、徜徉书舍。历风雨、矢志求新，严寒酷暑自归化。

　　人生多有浮想，成败何须计较，空劳羁挂。世事无常，但写万千神话。且珍惜、有限时光，需努力、尽穷砖瓦。积跬步、终老年华，顺心随众寡。

　　　　　　　　　　　　（2021 年 7 月 16 日，农历六月初七）

夺锦标·雁荡山龙湫避暑

深涧鸣幽，层峦叠翠，雁荡龙湫消暑。人矮山高天小，光影流梳，云身飘羽。看多姿怪石，各玲珑、逍遥天府。暗惊奇、造化传神，演绎人间甘苦。

林密含香带露，扑朔迷离，百态随风飞舞。满眼溪清草绿，金穴高歌，玉心常驻。掬清凉一捧，饮甘醇、痴情初许。醉叮咚、驱尽烦愁，似是觥筹交举。

（2021 年 7 月 19 日，农历六月初十）

薄倖·立身荒沼

立身荒沼，满眼是、盘根败草。有燕雀、无知高下，整日叽喳乱叫。各纠缠、芜杂纷繁，瞒天盖地穷争俏。遇暴雨狂风，严寒酷暑，烂叶枯枝横道。

懒搭理、人生短，应爱惜、时光易老。宽怀续今古，逍遥漫步，梧桐不屑秋蝉扰。自求精妙。醉馨香一路，扬眉日月争欢笑。河山壮丽，岂让乌云误了。

（2021 年 7 月 23 日，农历六月十四）

薄倖·倚窗期会

倚窗期会，落得个、伤心梦碎。已声歇、天涯云断，渺渺归期尽废。旧容消、清瘦枯黄，菱花镜里愁眉对。听一阵喧嚣，万般惆怅，遗恨终生方退。

常忆起、缠绵处，月正好、星光尽醉。销魂是双眼，蛮腰半把，香唇不用桃红绘。俏开新蕊。似芙蓉出水，清新艳绝伊人味。徒生爱恋，却让相思负罪。

（2021 年 7 月 24 日，农历六月十五）

疏影·骄阳莫惹

骄阳莫惹。看升腾炙热，汗自倾泻。羽扇生风，些许清凉，难解涔涔尴尬。依稀树影僵持地，怎会有、卿卿情话。最捞心、烈焰纵横，欲借冰寒消化。

新雪玲珑剔透，暗香庭院绕，梅蕊偷嫁。绿鬓明眸，粉面红唇，顾盼勾魂难舍。缤纷摇曳声清脆，道不尽、无穷羁挂。梦里头、一样温馨，醒后管他真假。

(2021 年 7 月 25 日，农历六月十六)

选官子·雨歇窗前

雨歇窗前，蝉鸣楼外，几树栾花新谢。天边日落，顶上云飞，嫌弃此生痴傻。时势尽成黄昏，都是无情，少谈闲话。看苍茫暮色，依稀迷影，管他真假。

灯刚亮、拙眼含花，残身对镜，里外两厢惊诧。青丝白发，粉面憔容，辜负此生羁挂。万事虚空，独身浪迹天涯，何须害怕。再休言成败，多少招人笑骂。

(2021年7月27日，农历六月十八)

过秦楼·雨雾连廊

雨雾连廊，阴沉遮目，倚窗何处江山。听冷风清脆，似独立荒丘，不象人间。幻想入云端。定徒劳、望绝仙天。怪凡尘茫乱，频生颠倒，稀有清闲。

是院亭狭小、梧桐半，截烦愁一把，皆付云烟。虽了无心意，又空怀眷恋，少报平安。求梦醉桃源，盼人来、两两成欢。趁今宵最好，天上人间，杯酒开颜。

（2021 年 7 月 28 日，农历六月十九）

摸鱼儿·月无眠

月无眠、夜空高远，稀星天外清浅。闲云几缕逍遥意，屡借新风偷换。偏不见。已尽忘、春时初识桃花面。昏灯一盏。趁夜色朦胧，神情恍惚，试把余生盼。

声声叹，海角天涯望断。南飞孤雁空返。千山万水频翻越，处处丛生羁绊。心意乱。少自在、何须浪得虚名满。愁肠万卷。惹一地相思，两厢情话，终作梦魂散。

（2021 年 8 月 3 日，农历六月二十五）

贺新郎·渐歇相邀赴

渐歇相邀赴。养残身、粗茶淡饭,用心良苦。初识人生今非昨,临了幡然醒悟。犹未晚、当须止步。留得西山多一角,接夕阳、可伴云霞舞。须发白,笙箫鼓。

皆因不入逍遥谱。屡奔波、浮华尽有,真情难估。承月披星归来晚,醉后谁知酸楚。屡忍受、无从言语。莫饮无聊荒唐酒,废光阴、最是糊涂处。终落得,前程误。

（2021 年 8 月 5 日,农历六月二十七）

多丽·夜阴沉

夜阴沉，冷风却似幽神。伴惊雷、携来阵雨，糊涂一桌伤痕。乱翻腾、诗书凌散，瞎飘荡、烛影花昏。频送凄凉，屡撩寂寞，欲妆黑夜对荒坟。但听见、沙沙声疾，帘卷剩孤鼙。休惊诧，关窗遮雨，闭目修身。

待天晴、蝉声再起，已将秋夏明分。色初黄、略怀喜悦，果将成、尽显慈恩。野菊生香，霜林斗艳，流光溢彩耀乾坤。满望眼、天高气爽，无处不销魂。高兴起，伏案提笔，快约他人。

（2021 年 8 月 7 日，农历六月二十九）

春风袅娜·春意

　　盼风雷催雨，洗净尘沙。松冻土，发新芽。各参差、蓄势待时纷发，带珠含露，玉色成霞。小露鹅黄，频飞苔绿，粉黛勾描辉映斜。不怪莺贪觅他处，全因香满绕邻家。

　　帘卷西窗在望，天涯咫尺，柳眉俏、顾盼人夸。挥红袖，舞青纱。春光丽影，菱镜羞花。万里飘摇，玉肌梨雪，一朝颦笑，凤眼奢华。千般妖媚，尽神魂颠倒，今生薄幸，弦断琵琶。

（2021 年 8 月 11 日，农历七月初四）

解佩令·舟车劳顿

舟车劳顿，身心疲惫。借杯酒、稍将排解。两眼昏花，也不管、人高檐矮。喝成个、瘦腰宽带。

余生少有，残躯尚在。到何时、痴癫才改？老气寒秋，再休盼、恭逢恩贷。自驱驰、寄情山海。

（2021 年 8 月 12 日，农历七月初五）

感皇恩·转眼又秋凉

转眼又秋凉，恰逢雷雨。前路连天尽迷雾。驱车激水，溅起浪花飞渡。心平魂淡定，无须惧。

唯有放晴，方能识路。欲踏心忧染尘土。脚尖轻点，跟后高悬才住。人生风雨重，休言苦。

（2021 年 8 月 13 日，农历七月初六）

感皇恩·一树杏花开

一树杏花开，色轻香浅。翘盼多时竟敷衍。逍遥几日，凋敝飘零魂散。残躯伤落寞，无人管。

休道心痴，不堪春短。满目青葱恨春懒。绿多红少，总是荒凉常伴。落花流水去，谁心愿。

（2021 年 8 月 14 日，农历七月初七）

踏莎行·此处才新

此处才新，他乡已老。相思断线何方表？彼消此涨两无缘，今生约定何时了？

树下徘徊，窗前潦倒。痴心错位因花草。时移世易更愁人，魂消香散谁知晓？

（2021 年 9 月 19 日，农历八月十三）

好事近·新柳本相怜

新柳本相怜，怎奈絮毛烦透。春雨洗心依旧，个性修为丑。

伴君一路倾怀助，积习太恒久。无奈任飞南北，作别东风后。

（2021 年 9 月 20 日，农历八月十四）

竹 枝

一

江山一色两枯黄。隆冬万物绿心凉。

二

三江源头水细浅。孕涵浩瀚文明满。

三

深秋黄叶乱还稀。冷雨寒风打又吹。

飘落含愁心不忍。暮鸦啼叫旧枝西。

（2021 年 11 月 25 日，农历十月二十一）

十六字令

一

花。作别东风不再夸。春心浅，岂可发新芽。

二

风。秉性无常得势凶。随人愿，别再忽西东。

三

光。冷暖随风昼夜忙。含羞月，早晚惹彷徨。

（2021 年 11 月 27 日，农历十月二十三）

纥那曲

一

乡校两情深，喜闻谈古今。诙谐有品位，愉悦是身心。

二

杯酒释闲情，惯看风月评。长堤柳已旧，烟雨蚀残生。

三

风雨满征程，勿奢星日升。心中有天地，精彩自纷呈。

（2021 年 12 月 1 日，农历十月二十七）

啰唝曲（一）

一

细阅新书遍，校验不足文。

低头眉紧锁，愧疚未求真。

二

独上高山顶，顿觉万象新。

蓝天垂碧玉，浩气满乾坤。

三

酒干愁未尽，欲语又低眉。

心中无限事，能懂已无谁。

（2021 年 12 月 5 日，农历十一月初二）

啰唝曲（二）

一

夜宿一江寒，霜平两岸山。

何人唤水醒，全是早行船。

二

夜夜伴孤灯，空床对月明。

风声似旧客，来去惹愁生。

三

日暮落西山，红霞又满天。

无声伫立久，回首觉冬寒。

（2021年12月9日，农历十一月初六）

啰唝曲（三）

一

寒夜无眠辗转烦，伤心已是老身残。

睡前少食清心欲，一觉天光梦里还。

二

诗句平平也恼人，愁眉紧锁废心神。

若非已是东隅逝，不受煎熬苦作文。

三

明月清风尽伴谁？原何我辈独成非。

此生已做天涯客，万卷愁情对酒悲。

（2021 年 12 月 14 日，农历十一月十一）

渔父引

一

明月清波作陪。小亭落桂偷杯。幽香酒里成堆。

二

冬夏霞光率真。粉红早晚缤纷。柔情似水谁温。

三

孤影凄凄抚筝。冷风瑟瑟惊城。天涯尽是无情。

（2021 年 12 月 10 日，农历十一月初七）

闲中好

一

闲中好，随赏四时花。

俏卧溪边石，斜披天际霞。

二

闲中好，醉卧云天里。

手挽星月还，心随海山起。

（2021 年 12 月 11 日，农历十一月初八）

拜新月

一

蓝天挂新月，俯首欲倾拜。

忽忆江上人，独撑孤船快。

二

时时逐新月，快满作神拜。

但愿常照人，尽还痴情债。

三

云开露新月，像是有人拜。

四顾身影孤，冷风装豪迈。

（2021 年 12 月 12 日，农历十一月初九）

庆宣和

一

今夜窗前月又圆。远近阑珊。独自徘徊影孤单。不看，不看。

二

飞雪消停落日圆。处处新颜。小火炉前醉缠绵。再满。再满。

三

寒夜高悬一盏灯。点亮天庭。碧玉妆成色凄清。太冷。太冷。

（2021 年 12 月 13 日，农历十一月初十）

南歌子

一

雨夜孤灯冷，山城两水寒。

天涯浪迹少人怜。无限寂寥纷下，满周边。

二

早晚红黄缀，江天寂寞生。

惆怅水波惊。

倚栏舟上客，枉多情。

三

风逐浮云散，天悬冷月明。四周星亮也凄清。不食人间烟火、最无情。

眼里朦胧影，他乡寂寞笙。痴心夜夜梦归程。独对九霄光色、是孤灯。

四

雾惹心烦懒，书招意乱愁。锁眉双眼对天忧。不见飞鸿身影、冷飕飕。

故里风光醉，他乡暮色浮。隆冬何处逐沙鸥。人岁已非春夏、梦中求。

（2021 年 12 月 15 20 日，农历十一月十二至十九）

荷叶杯

一

满眼日光金灿，休赞。失温情。再多姿色少人爱。穷摆。冷冰冰。

二

冬日阳光天造，胡闹。徒有是虚名，冷寒满眼路凄清。晴白晴。晴白晴。

三

画个月圆悬上。铮亮。休怪太多情。换来明镜照双星。免得别愁生。

孤独寂寥惆怅。流浪。常做倚窗痴。天涯音讯不相知。翘盼遇佳期。

（2021 年 12 月 16-18 日，农历十一月十三至十五）

回波乐

一

回波尔时酒多。言语失控啰唆。反复絮谈旧事，冲动引吭高歌。

二

回波尔时忘己。往事尽弃不理。但求短暂欢娱，醒后偷偷懊悔。

三

回波尔时冷静。旧事往复影映。想来尽是伤心，岂可开怀赏咏。

（2021 年 12 月 19 日，农历十一月十六）

三台令

冬至。冬至。寒冷今宵终始。

天长夜短回时。光暖风柔绿枝。

枝绿。枝绿。鸿雁江南归续。

（2021年12月21日，农历十一月十八）

三台词

一

江上船灯璀璨，岸边客影凄凉。

虽把孤心托付，却来双眼迷茫。

二

时醒残宵半夜，尽伤独枕孤灯。

心绪萦回旧日，寂寥陪伴新程。

三

川岭皆辞落日，海天尽隐余晖。

冬暮萧条至极，路遥飘泊无期。

四

夜深谁奏鸣筝，梦浅人点孤灯。

灯筝寂寥互伴，世时惨淡双倾。

（2021 年 12 月 30 日，农历十一月二十七）

柘枝引

一

粗茶淡饭享今生。冷雨远孤萍。心静随波起，天涯曳影借风行。

二

乡村野老似神仙。起卧梦桃源。心逐云天远，逍遥世外自悠然。

三

西天日落可轮回。四季也争归。休叹人生短，修成德业永光辉。

（2021 年 12 月 31 日，农历十一月二十八）

第三辑 散文

成勤败懒

世间之事，凡成者，必由勤也；凡不成者，必由懒也。士农工商学，**治国齐家修身，莫不如此。**

古人云，勤能补拙，即勤能益智也，**勤能益美也，勤能成万事也。**

夫勤者，能学，学则修身知礼，必气宇非凡，才智过人，识大局顾大体，终成大事。夫懒者，己之不洁，家之不静，污秽铺陈于家，纵豪宅千顷，终无立锥之地也，更何以言学一技之长、成一事之终、治一隅之地、安一邦之国？又云，一屋不扫，何以扫天下，莫不如是也。

吾本草莽，唯有一勤。为学者，勤也，故学略有所成；持家者，勤也，故家尚有立锥之地；唯为事者，勤也，虽不成大事，亦心安理得也；有甚者，吾丑，因为勤，尚游走于世间，能苟活也。

人贵有自知之明，知己所短，勤之于勤，则定能克己所短，增己所长，成己所事也。

春夜细雨

早上起来，才知道昨晚下了雨。应该是细雨，还是偷偷地下的，悄悄地下，细细地下，要不就算是晚上、深夜，我怎么会不知道呢？这雨，正如杜老诗里所说，是好雨，知时节，也只有在这春天里才有，在夜里静静地、悄悄地洗涤万物、润泽万物。

太阳像过节似的，饱含喜庆的光辉，温暖地笑迎万物。清晨也不再是寒冷，而是丝丝的透心的凉爽。世界一下子干净了许多，天地之间也没有了任何阻隔，天还原以蔚蓝，远山也比往日近了许多，似乎就在眼前，触手可及。泥土显得格外具有亲和力，散发着独特的芬芳。干涸的小河里，也开始流淌着清澈的溪水，还哼着欢快的小曲。空气清新得有些受不了，一路的深呼吸让我身体的每一个角落顿时干净、畅通了许多。

这雨，是季节的接力棒，把季节由春天传递到了夏天的手上。它洗净了春天喧闹、浮躁的繁花，让万物归于宁静。这雨，是生命的周期律，让在春天里萌发的万物，伴随着这场雨，从嫩绿、鹅黄和毛茸茸，开始向碧绿转变，腰杆慢慢地硬了、直了、粗壮结实了，一起都开始了这个成长的季节里的成长。

生命礼赞

盛夏，烈日当空，在或焦枯或葱茏的荒野里，偶见一点点鲜艳。面对**这一点点鲜艳，我禁不住惊奇、欣喜和驻足。**

因为，我意识到，每一片绿叶，都是生命，都是希望；每一朵鲜花，无论开在什么时候、什么地方，都是美好，都是灿烂。我不由自主地回想起小时候在空地上自己种下的每一粒种子，它们都倾注了我满腔的期待和希望。我巴不得睡觉的时候也在它们身边，想亲眼看见它们怎么发芽、如何破土，甚至我都想听见它们的心跳声和脚步声，想听见它们成长的声音。每当种子顶着躯壳破土而出，那种心情真是无比激动。直到看见它们脱离躯壳，独自向宇宙伸展出自己稚嫩的小尖尖或一片两片叶子。叶子虽然稚嫩，但都粗壮结实，充满力量。自此，每天早晨一起来我就会立即来看它们。清晨，嫩绿的叶尖上总是挂着清澈的露珠，雨天更是满身湿漉漉的。总之，无论什么时候，它们都像窈窕淑女，让人欣喜，让人爱恋。虽然长大了成熟了，结出的果实也给我带来了安慰和享受，但是，我却并不在意它们能否给我带来什么果实，我更在意它们的成长过程，在意在这个过程中带给我的各种享受。

我对花草植物的爱恋，是对生命的爱恋，更是对生命的崇敬和赞美。尤其是那些在荒郊野外自生自灭的各种花草植物，为了活着，历尽严寒酷暑、贫瘠干旱和狂风暴雨，虽然瘦弱，但是坚强；花果虽小但却鲜艳饱满。它们活着，不是为了向别人献媚和炫耀。它们自给自足、自生自灭、甘于寂寞、不怨艰苦，只要有一线生的希望，就会坚韧坚强地生存下去，生根发芽，开花结果，在满眼荒芜的野外，独自成为一道亮丽的风景。

太阳，母亲

太阳是母亲，阳光是母爱。雨雪是你的乳汁，也是你的眼泪。乌云和雾霭，是你的忧愁、担心与牵挂。风是你的呼唤、爱抚和摇篮曲。雷电是你的怒火。地球万物都是你的子女。就是乌云和雾霭，也掩盖不住你对我们的大爱。

太阳是永恒的，母爱也是永恒的。无论你在哪里，我都能感受得到你的存在。无论我在哪里，我也永远能感受到你的存在。我担心在那些没有阳光照射的地方，没有母爱，常年阴冷，生命面黄肌瘦，脆弱不堪，更滋生万千猖狂、丑恶和肮脏。你，肯定也正在为此事忧愁，夜不能寐。

你用阳光温暖万物，你用雨雪滋润万物。虽然你会暂时远离我们，但是，你忘不了让月亮反射你的光辉，来照亮在黑暗中前行的人。

每当满天灰蒙蒙的，看不到你的时候，我都会翘首期盼，期盼你早日归来；每当尘垢飞扬、铺天盖地，看不到你的时候，我都会翘首期盼，期盼你早日归来；我期盼风雨，扫清和清洗各种尘土和阴霾，让升腾的云霞迎接你的归来。我期盼你，没有忧愁，没有愤怒；我愿永远做一个听话的乖孩子，让你永远笑逐颜开。

我爱你，永远的太阳。

绿色之歌

我喜欢绿色，因为它干净、纯洁、赏心悦目，关键是，它还能永恒。

我没想过自己永恒，但我希望世界上美好的东西都能永恒。然而，世界上虽然美好的东西很多，但是它们大多都是昙花一现，能够永恒的，也只有绿色。

说它永恒，是因为它能永远保持自己的本色——绿。春天里嫩绿，夏天里墨绿，秋天里黄绿，冬天里灰绿。总之，春夏秋冬四季，它都是绿色的。

它善于成人之美，默默奉献，无论和谁配合，人家美丽，它也美丽。这个世界，似乎谁都离不开它。它始终能很好地扮演自己的角色，不该它唱主角，它绝对当好配角。

它厌恶龌龊，喜欢雨，雨能让它更纯净。它追求光明，喜欢太阳，太阳让它更光亮。它热爱生活，喜欢浪漫，喜欢风，风能让它翩翩起舞。说到底，世界上真正能够风雨无阻的，恐怕也只有它。

实际上，喜欢绿色的，远不止我一个人。你看那些看见荒漠里的绿洲的人的发光的眼睛，就是证明。还有，那些荒芜很久只有荒凉的地方，春天里的第一缕绿色，能带给所有人欣喜，带给所有人希望，绝对不只是我一个人。

我，愿意一生守候你——永恒的绿、永恒的水、永恒的生命、永恒的纯净。

秋天的告别

秋季，是一个漫长的告别季节。告别繁华，告别丰收，告别绿色和生机，留下一地的萧条、冷漠、孤独和寂静。曾经的信心满满，曾经的雄姿英发，曾经的繁花满天，曾经的硕果累累，曾经的汗流浃背，曾经的烈日炎炎，曾经的大雨滂沱……总之，曾经的轰轰烈烈的一切，都被荒凉凄冷和抖抖索索所取代和掩盖。

然而，这一切都是规律，都不可抗拒。

在一个风和日丽、碧空万里的日子，我们去郊野公园，看五彩斑斓的叶子，向它们做最后的欢呼和欢送吧。想起过去，也是在熬过严寒和一片荒凉凄苦之后，终于等来了第一缕春风，被冷冻和北风挤压的枝芽，一个个迅速膨胀起来，满是蓬勃的力量，急切地开花、结果，带给人们一个似锦的春天、蓬勃的夏天、丰收和多彩的秋天。我，感激你们——每一片叶子。现在，看到色彩斑斓的叶子飘然落下，挥手向我们做最后的告别，一种无奈的洒脱和无尽的留恋让我心碎。看那光秃秃的树枝树干独自在寒冷中矗立，没有风的时候，像一把把利剑，是它们翘首苍天对你们的期盼；有风的时候，风吹过树梢发出刺耳的尖叫声，是它们对寒冷严冬的冷笑和蔑视。

我知道，你们累了，也需要休息。你们休息，是为了储蓄来年奋发的力量。

没有你们的日子里，我们会学会坚强。在冰天雪地，学着去绽放精彩和灿烂的生命。因为凡是顽强和坚强的生命，都会收获精彩，更令人敬佩。

我们要学会告别，更要学会等待。

我特别怕海

在陆地生活习惯了，因此，我特别怕海。海太深，深得令我毛骨悚然。**我多少次在梦里惊醒，都是因为我被大海里翻滚的波涛和深奥莫测、阴森恐怖的海里环境所惊吓。**我不知道生活在海里的小鱼小虾它们的感觉如何——且不说海里的那些庞然大物，像鲸、鲨鱼之类，因为相对于大海，它们却是太渺小了、太脆弱了；可是它们却游得自由自在，似乎无丝毫顾忌。我也不知道小鱼小虾们整天在海里游荡，是否只为了觅食，还是在寻找感情的家园。但是我知道，它们来到陆地，只要没有水和空气，它们在挣扎不久后就会只留下躯体。我想，这些小鱼小虾来到陆地的感觉是否和我梦见海的感觉是一样的。

我不只是梦见海而已，真实的海像我梦里的海一样，让我在它面前望而却步。那年去海南，许多人都潜水了，唯独我虽然到了潜水平台，但最后还是没敢下去，我怕海。这次出来，在高空中看见海水淡黄、墨绿和深黑的颜色，我更加感到海的深奥和凶险。人在大海里漂浮，与小鱼小虾没什么两样，甚至比它们还渺小和更不堪一击！

问题是，我不生活在海里，我生活在陆地上，但是我总想在梦里得到证实，尤其在梦里自己深陷大海时，渴望能抓住陆地上的一根小草来救命。

我确实是生活在陆地，但是，我习惯了陆地的生活了吗？我在陆地的生活像小鱼小虾在海里的生活那样自由自在吗？陆地的生活就那么坦荡、没有海的深奥和凶险吗？我为什么经常睡在陆地却在海里挣扎呢？

海洋对于我犹如陆地对于小鱼小虾。小鱼小虾也经常在梦里看见陆地，它们也会因为看见陆地的庞然大物和恶劣环境而害怕陆地，就像我害怕海一样。

感恩工作，岗位成才

我觉得，无论我们是谁，无论我们身处何种工作岗位，我们都应该而且都必须争当最有用、最有价值的好员工。毕竟任何单位、任何岗位、任何领导，都不喜欢不思进取、碌碌无为、搬弄是非、无大局观念、办事拖拉效率低下的员工，尤其在这个非常讲求经济效益和时间效率的时代，哪个单位都不喜欢也不会养闲人。

作为一名优秀员工面对完成工作目标所遭遇到的挑战、坎坷和挫折时，应具备的对单位、对岗位、对职业的忠诚和热爱，完成任务的决心、信心、勇气和毅力，以及积极主动解决问题、克服困难的能力、水平、方式和方法。而这些正是作为一名最有用、最有价值的好员工所应具备的完善的品格。

有这么一个案例：

到公司工作快三年了，比我后来的同事陆续得到了升职的机会，我却原地不动，心里颇不是滋味。

终于有一天，冒着被解聘的危险，我找到老板理论。"老板，我有过迟到、早退或乱章违纪的现象吗？"我问。老板干脆地回答："没有"。

"那是公司对我有偏见吗？"老板先是一怔，继而说"当然没有。"

"为什么比我资历浅的人都可以得到重用，而我却一直在微不足道的岗位上？"

老板一时语塞，然后笑笑说："你的事咱们等会再说，我手头上有个急事，要不你先帮我处理一下？"

一家客户准备到公司来考察产品状况，老板安排我联系他们，问问何时过来。

"这真是个重要的任务。"临出门前，我不忘调侃一句。

一刻钟后，我回到老板办公室。

"联系到了吗？"老板问。

"联系到了，他们说可能下周过来。"

"具体是下周几？"老板问。

"这个我没细问。"

"他们一行多少人。"

"啊！您没让我问这个啊！"

"那他们是坐火车还是飞机？"

"这个您也没叫我问呀！"

老板不再说什么了，他打电话叫朱政过来。朱政比我晚到公司一年，现在已是一个部门的负责人了，他接到了与我刚才相同的任务。一会儿工夫，朱政回来了。

"哦，是这样的……"朱政答道："他们是乘下周五下午3点的飞机，大约晚上6点钟到，他们一行5人，由采购部王经理带队，我跟他们说了，我公司会派人到机场迎接。另外，他们计划考察两天时间，具体行程到了以后双方再商榷。为了方便工作，我建议把他们安置在公司附近的国际酒店，如果您同意，房间明天我就提前预订。还有，下周天气预报有雨，我会随时和他们保持联系，一旦情况有变，我将随时向您汇报。"

朱政出去后，老板拍了我一下说："现在我们来谈谈你提的问题。"

"不用了，我已经知道原因，打搅您了。"

没有谁生来就担当大任，都是从简单、平凡的小事做起，今天你为自己贴上什么样的标签，或许就决定了明天你是否会被委以重任。

能力的差距直接影响到办事的效率，任何一个公司都需要那些工作积极主动负责的员工。

优秀的员工往往不是被动地等待别人安排工作，而是主动地去了解自己应该做什么，然后全力以赴地去完成。

怀着理想 献身教育

题记：这是我 2009 年在新加坡南洋理工大学国立教育学院学习时写的众多感想中的两篇，是关于学校教育的一些肤浅的思考。今天拿出来与大家交流分享，希望能引起大家对教育的再认识和再思考。

（一）

好久没有写汇报了。不是没有感想，而是感想太多。随时随地的感想，源自感情的真实；然而真实的感情却需要追根究底，才能挖掘其本源，才能略避于肤浅。

这些天，我一直在被感染中思索，感觉没有那么孤独了，理想的火花又在我心底闪烁。先是毕业于剑桥大学的黄博智博士在"系统思维"课程结业时的那一番感言；接着是毕业于哈佛大学的张延明博士把我们引入国学经典之中以后的感想，都将我深藏在心底的波澜再次激起。

在这个物欲横流的时代，黄博智博士为教育而振臂疾呼并身体力行地实践着对教育的热爱、执着与不懈追求。他在结课时引用周敦颐的《爱莲说》，说明教育的重要和做教育的艰难。他通过讲述自己的为师经历，回味他自己为师的独特的快乐，将我带回、让我重新融入一群天真、烂漫、充满朝气与活力的学生之中。

教育不需要隐君子——菊，而需要大声为之呐喊、疾呼、为之兴旺而奔波，坦言其成败，并身体力行为之实践之人。而今，以教育为歌功颂德者有之，因玩世避而不谈者有之。教育无求于富贵，无论家庭还是社会与国家，贫穷有贫穷办教育、兴教育的办法，古时寒门才子、孝子是怎么出来的？新中国初期国家也穷，但教育照样取得很大成就！不但穷要坚持搞好教育，就是家富了、国富了，更要大力办好教育——任何时代、任何国家，教育均是立国之本，无论是教化国民还是培养管理国家、建设国家、发展国家的人才，教育都是重中之重！

教育是莲，搞教育的人也必须是莲！"出淤泥而不染，濯清涟而不妖，中通外直，不蔓不枝，香远益清，亭亭净植，可远观而不可亵玩焉"！搞教育的人在环境不可改变、不可抗拒的情况下，要有安于清贫的定力。家富和国富者，则不可人为地让教育在清贫中挣扎！

物欲横流，方显人之本色！本也无可厚非。但我还是希望爱莲之人甚于爱牡丹之人。

（二）

很显然，黄博智博士把教育当作自己的理想和事业与追求了，难怪他对教育如此热爱、如此执着，难怪他总是饱含激情！在这样的教师手下学习的学生是幸运的、幸福的。

前几天，张延明博士指导我们学习国学经典之一的《礼记·学记》。感触也很多，尤其是学到"教之不刑，其此之由乎"这段文章的时候。这段原文是：今之教者，呻其占毕，多其讯言，及于数进而不顾其安；使人不由其诚，教人不尽其材。其施之也悖，其求之也佛。夫然，故隐其学而疾其师，苦其难而不知其益也。虽终其业，其去之必速。教之不刑，其此之由乎！

其意思是：如今的教师，只会照本宣科，大多是不断地审问学生，讲话的口气几乎都与数落、责备一样。教学进度根本不顾及学生是否已经学会和巩固；支使学生做事，不注意引导学生凭着诚心诚意地去做；教育学生不是根据学生的资质和特点，挖掘和培养学生的特长与潜力；教师教学违背了教学的基本规律，学生的学习也是违背学习规律而不得其法。这样一来，学生就会厌恶学习，憎恨教师，只会苦于学习的艰难，却体验不到学习的好处。学生即使修完了学业，也会很快地舍弃。教育教学没有成就，大概原因就在于此吧！

这段论述可谓切中当今教育误区的要害。

做好教师这一职业，首先必须具备学者的身份，对所教的课程不能只是会了而已，必须能够自己融会贯通。如果上了讲台，手却离不开课本，**眼睛离不开教案，那肯定是对所教的知识不够熟练。不顾学生接受能力和学习特点，只顾赶教学进度，其教学根本就不是为了学生，而只是为了完成自己的任务。**教学，"教"的任务是落实在学生的"学"上，只有教而没有学，皮之不存，毛将焉附？教师只是一厢情愿，按照自己的意愿进行教育教学，只是按照自己的模式来教育学生，这样也只能把学生教得：做人，不能由其诚；做事，不能尽其材。

研究学生的学习规律，把握学生的个性特点，教给学生学习方法，这是教师所必需掌握的三项基本功。也只有这样才能真正减轻学生学习及自身工作的不堪之压力。

学生学不好，学了忘得快，我们当教师的一般都会埋怨学生，怨学生不喜欢学习，怨学生不会学习，怨学生的记性不好。实际上，学生就是因为不会才来上学的，就是因为容易忘记，才需要教师教给他们记忆的方法的。如果学生一学就会，一看就懂，可能当教师的就都要失业了。

学生本来都是愿意学习的，学习不仅可以让学生找到成长的感觉，找到理想的职业，更重要的还是能够不断提高他们的素质。而就是因为在上学中，在听课中，在不断地考试中，屡屡受挫，从而望而生畏，产生了恐惧感，故而"隐其学而疾其师，苦其难而不知其益"。这能怨谁呢？

学不好，学不会，忘得快，原因主要还是在教师。尽管你教的内容不错，但你教得不得法，学生自然很难接受；学生各有特点，我们不能按照学生的心理规律和特点教，学生自然更是茫然。学生到学校求学，更重要的还是掌握学习方法，而不是死的知识，只有掌握了学习方法，才能自己解决所面临的学习问题；也只有形成了学习能力，才能在今后的成长中持续发展。而今的教师，"进而不顾其安。使人不由其诚，教人不尽其材；其施之也悖，其求之也佛"的确存在。

研究学生特点，探求学习规律，讲究教学方法，是教师的教学根本。不然的话，只能是误人子弟，只能是被学生、家长以及社会所唾骂。

要改变这种状况，最根本的途径在于：要把当好教师、培养好学生当作自己的理想和追求。只有这样，我们才会热爱教师这一职业。干自己热爱的职业，我们才会有激情、有爱心、有责任心；我们才会千方百计不断提升自己，力争把热爱的工作干得更好。

放眼现实，唯独学校还是一块相对的净土；任何社会都有不足，正因为如此，任何社会才需要不断地改进。社会改进，光靠个人力量是不行的。因此，我把教育当作自己的理想，通过自己的努力，培养一批批人才，为社会的进步与净化输送一股股充满生机与活力的清流。

今天早上正好看了一篇转载的博文《做一名教育家校长》。我想，这篇文章不仅仅是对校长的要求与期望，更是对全体教育工作者的要求与期望：希望全体教育工作者把办好教育当作自己的理想来追求，而且，"一定把自己的理想变成每一天的努力，把日常的繁杂工作与追求理想融于一体；不会因为困难、挫折、寂寞、不理解，甚至影响自己的名利而动摇其信念"。

积极主动促进自身专业化发展

教师的发展与进步是学校发展与进步的根本。只有教师发展了，才能**真正保障和促进教育教学质量的提高，才能真正保障和促进学生的发展，才能实现学校的发展**。因此，我们必须把加强师资队伍建设、促进教师专业发展放在首位。

当今社会，各行各业，竞争日趋激烈，包括学校与学校的竞争，教师与教师之间的竞争，都是如此。因此，希望全校教师，站在对自己负责的角度，主动适应新形势，求得自身新的发展。我们要立足于自己的专业成长和发展，抓住机遇，积极参与，加强学习，不断提升自己的教育教学能力和水平。只有不断地学习和提升自己，才能与时俱进，才能避免落伍和被淘汰的厄运。

新时代教师的专业发展，是指教师教育、教学、科研乃至管理等各方面、全方位的能力与水平的不断发展和提高，包含教师身心健康和福利待遇、生活水平的不断改善和提高。新时代教师的发展，不是春蚕式的发展，因为春蚕的一生太短暂，尽管竭其一生，但吐出的丝还是极其有限的。因此，春蚕的一生是短暂的、悲剧的一生，绝对不是我们新时代教师的一生。新时代教师的发展，不是蜡烛式的燃烧；蜡烛虽然将自己燃尽，但所放出的光量是有限的，不仅照亮的范围有限，而且照亮的时间很短。因此蜡烛的一生也是短暂的、有限的甚至是微弱的一生，也绝对不是我们新时代教师的一生。新时代教师的一生，应该是教育教学理论和实践水平的不断提高，教育教学业绩即学生思想道德素质和学生学业成绩的不断提高，教育教学科研成果的不断出现，教师个人身心健康和工作、生活条件的不断改善，拼搏进取、愉快幸福、健康长寿的一生。这一生，要靠教师自身的专

— 244 —

业发展来实现。

新时代教师的专业发展，学校要为之创造条件，开辟通道，搭建平台；教师自己要抓住机遇、珍惜机会，不懈努力和追求。这追求是痛苦的但更是幸福、愉快的。教师专业发展的成果是一座座宝库、一座座丰碑，而不仅仅是一根蚕丝、一个蚕茧，也不仅仅是一丝光亮和几滴蜡烛的泪痕；它将供他人尤其是后人参考和借鉴，取之不尽、用之不竭，光照千秋。

"诗圣""诗史"也流离

杜甫的父亲是杜闲，先后担任过郾城尉、奉天令，不久举家迁居京兆杜陵，担任兖州司马；母亲崔氏是有名望的世家大族。杜甫于唐玄宗先天元年（712年）生于巩县，祖籍襄阳（今属湖北）。所以杜甫也是出身名门，自幼家境殷实。

一、少小聪明、顽皮、无忧，启蒙扎实、见多识广

杜甫在青少年时代，因家庭环境优越，过着较为安定富足的生活，所以他才有条件受到较好的启蒙教育，这是那个社会里，一般穷人家孩子望尘莫及的。他自己也勤奋好学，加上天资聪颖，所以七岁就能作诗，"七龄思即壮，开口咏凤凰"；小小年纪，志向远大：有志于"致君尧舜上，再使风俗淳"。

当然，淘气顽皮是孩子的天性，杜甫也不例外，据说他少年时也很顽皮："忆年十五心尚孩，健如黄犊走复来。庭前八月梨枣熟，一日上树能千回"。

优厚的家庭环境，使杜甫少年时期有机会受到各种文化艺术的熏陶，这对他日后的诗歌创作产生很大的影响。例如，据说舞蹈家公孙大娘的剑器浑脱舞、李龟年的歌声、画圣吴道子画的五圣尊容、千官行列等，他都有幸观看、体验过，这在他以后的诗歌创作中都有所反映。

二、漫游丰阅历、科举几不顺、报国频寻门

先天元年（712年）出生的杜甫，于开元十九年（731年）出游郇瑕（今山西临猗）、吴越一带，历时数年。

他在游历数年后回故乡参加"乡贡"并顺利通过，但是在那接下来的进士考试中落第。随后杜甫去他的父亲时任司马的兖州省亲，第二次漫游齐赵平原，同时也准备第二次进士考试。这几年的杜甫，虽然有过科举考试的失利阴影，但依然过着"裘马轻狂"的"快意"生活。

由于随后几次科举之路都没有走通，他客居长安十年，郁郁不得志，他的人生发生转折，开始过起贫困的生活。后来得到唐玄宗的赏识，先后被委任过河西尉、右卫率府兵曹参军等小官。杜甫44岁这年，往奉先省家，刚入家门就听见哭声，原来是自己的小儿子饿死了。

三、战乱流离、穷困潦倒、心忧天下、客死他乡

在安史之乱期间，杜甫因战乱而四处奔走迁移，也曾经被捕入狱。后被唐肃宗授为左拾遗，所以世称"杜拾遗"，但因营救房琯和直言进谏触怒权贵，被贬到华州（今华县），负责祭祀等事。杜甫心情十分苦闷和烦恼，写下一些诗篇抒发了对仕途失意、世态炎凉、奸佞进谗的感叹和愤懑。

尽管个人遭遇了不幸，但杜甫无时无刻不忧国忧民，奋笔创作了不朽的史诗——"三吏"（《新安吏》《石壕吏》《潼关吏》）和"三别"（《新婚别》《垂老别》《无家别》），并在回华州后，将其修订脱稿。"满目悲生事，因人作远游。"

乾元二年（759年）立秋后，杜甫因对污浊的时政痛心疾首，而放弃了华州司功参军的职务，西去秦州（今甘肃天水一带），后又几经辗转，最后到了成都，在友人的帮助下，在城西浣花溪畔，建成了一座草堂，世称"杜甫草堂"，也称"浣花草堂"，不久全家寄居四川奉节县。后杜甫离开奉节县到江陵、衡阳一带辗转流离，唐代宗大历五年（770年），这位伟大的现实主义诗人病死在衡阳市湘江的一只小船中。

根和飘的回忆

父亲那一代是根，深深扎在老家那深山沟里。

深山沟，原本就山清水秀，山地被层层开垦，种上各种庄稼，更加欣欣向荣。通往山下和山上的崎岖小道，在我眼里是那么宽广，走起来一点也不费劲。村子里的道路、巷子、旮旯，都被父辈们收拾得干干净净，人声鼎沸，烟火气十足。每到吃饭的时候，无论早、中、晚饭，总有人大声喊自己家人回去吃饭，无论是串门去了，还是在附近田地里干活，都能听见，呼叫和应答的声音在山间回荡。父辈们在村子东边挖了两口井，一口是供全村人挑水回家做饭等家用，一口是供全村人在那里洗菜用。两口井无论多么干旱总是水流不断，清澈见底。

真是春耕夏长，秋收冬藏，一年四季各有分工。父亲是家里的"生产队长"，每天大清早的起来，叫我们起床，并分配好各自干什么：挑水、掏粪、放猪……由于我们不想起床，有时难免互相生气，但终归是拗不过父亲的，就兜着嘴巴、揉着朦胧的眼睛去干活。农忙季节，为了和天气、时间赛跑，更是起五更睡半夜，犁地、割麦、插秧、去地里除草、下水田里拔秧、割稻谷、挖红薯、扯花生……最苦的要算是割麦子和割稻谷，一是要早起，二是麦子穗和稻谷穗像锯齿，弄得身上到处都是伤；还有就是挑草头，重担在肩，饥肠辘辘，两腿颤颤地挑着走上山路。好在各家都这样，在劳作的时候，大家互相聊天，还互相照顾，减少了好些苦闷。

我们受不了，父亲却从来没有怨言，尤其羡慕父亲那种悠然自得。夏天，太阳下山了，父亲搬把椅子，坐在门前露天过道边上，用买来的散装白酒，就着没有馅的新麦面粑，朝着过道外面的层层梯田，慢慢地吃着、喝着。周围田地里劳作的人们，闻见酒香和新麦面粑香，纷纷嬉笑、羡慕地调侃着。

然而，在这种看似已经习以为常的日子里，父亲逼着我们读书的举动却很异常。明明家里缺少劳动力，明明家里没钱供我们上学，但是父亲总是想尽办法让我们上学。我们不去，他有时还真打骂着把我们往学校里赶。异常的举动里，隐含着热切的期盼。这有可能就是我们这一代能出来四处飘荡的最好的理由。

我们这一代是飘，原来还有线，飘到哪里都忘不了回家。父母都走了，线断了，无人牵挂，也没有牵挂，为了生活，为了儿女，我们四处飘荡。

在风沙弥漫的日子，我们用手遮挡着双眼，从手缝里仔细辨别方向，寻找道路和生计。在大雨滂沱的日子，我们拖着满身的泥泞和灌满水走起来里面扑哧扑哧作响的鞋，一身的狼狈、一身的沉重、一身的责任、一身的坚韧，依然坚定跋涉，从来没有停歇。因为我们知道我飘到哪里，哪里就是儿女们的根。这根，关系到孩子们的生活和未来。

我们在飘，在飘中迷茫，在飘中惆怅，在飘中张望，在飘中寻找，在飘中期盼……自觉不自觉地时时想起了那深山沟。那山沟虽然还是山清水秀，但是由于没有了人走动，那畅通无阻的崎岖山路已经没有了踪迹，层层梯田也长满了杂草，没有了回荡在山间的呼喊，更没有了那酒香、新麦面粑香和烟火气息。

根没了，我们还在飘。过去清晰的记忆，在我们的飘荡中慢慢模糊，在儿孙们的记忆中变成传说。

学习型组织

今天是 4 月 3 日，星期五。今天依然是黄博智教授给我们讲系统思维。

系统思维是"学习型组织"五项修炼中的第一个内容，其他四项内容是：自我超越、心智模式、共同愿景、团队学习。这五项修炼就是这五项内容的知识理论在实践中的应用——学习是为了应用、为了更好地实践，不是为了学习而学习！学习型组织的理念是：学习是组织变革、发展的原动力；它包含三层意思—— 一是通过学习，每个人与别人更好地联系起来；二是包含持续性的学习与发展；三是学习如何更好地组织。他举了个例子：20 世纪 90 年代初，美国一次 NBA 联赛时，公牛队的乔丹从右边运球到中线，发现前面有对方阻击，头也没抬的乔丹用右手将球从背后抛到左边，自己则继续突破对手往对方篮下禁区跑；被他抛到左边的球正好落在队友皮蓬的防守范围内，只见皮蓬抓住球后迅速往对方篮下禁区抛去；突破对方防守进入对方禁区的乔丹一跃而起，伸手在空中接住皮蓬从左面抛来的球直接扣篮得分；这一绝妙的配合天衣无缝，乔丹和皮蓬虽然彼此都没用眼看，但彼此心有灵犀——这正是学习型组织发展的最高境界：成员之间配合默契、心有灵犀。修炼在英文单词里面包含专业知识的学习、实践、反思和自律两方面，实际上就是学习、实践、总结提炼、反思的螺旋式不断上升的过程。

学习型学校实际上是一种全新的学校管理模式。面对这一全新的知识经济时代，变革是普遍存在的和持续不断的，是生活的一种普遍形态。因次，我们要以习以为常的心态来看待周围的各种变革，变革已经不再是几年或几十年才遇到一次的"洪水猛兽"。这种变革需要能适应它、能保持持续的学习动力、不断吸收与创新知识的人才，这种人才就是教育所要培养的。要培养这样的人才，必须改革教育，必须有新的人才观、新的知识观、新的教育教学内容与方法，需要新的学校管理模式。知识经济时代，个性化创新性的生产必须从员工的内在动力入手、从员工与组织的利益同化入手。在知识经济时代，教师劳动的本质特点——个性化创新性劳动体现了教育的原本意义。真正高水平的教育，是教师能够针对学生特点进行的教育，是个性化教育——健康的个性化教育。

个性化教育需要教师成为一个研究者、创造者，需要教师形成自己的教育理念、掌握专业化技能，需要教师了解学生、分析学生、促进学生的发展，需要教师使自己的工作真正体现出个性化创新性的特点。

真正高质量的学校需要学校管理的创新，需要从内在激发教师的工作热情。

实施学习型学校的目的是使学校成为校本知识的创造者，使学校管理有利于激发教师的创造性，使学校教育从简单的知识传授与技能培养转变为让学生学会学习、学会创造，使学校成为社会的融合机制，而不是社会排除机制。

新时代，学校教育的重心发生了转变——从过去更多地强调知识与技能的传授，转变为更注重学习能力与创造能力的培养——当然不能忽略知识与技能的传授，不能矫枉过正。

教育改革是一个极其复杂的过程，是一个渐进的生态演化过程。教育变革的真正发生，在于营造一个宽松的、鼓励创造的文化环境与氛围，使教育变革自下而上地发生于教师的教学第一线，发生于每一所学校。

思维方式的转变，无论是在学习型组织还是在学习型学校的建设中都是至关重要的。强调思维方式的转变，就是强调不确定性的必要性，强调了不确定性也就为学校具有真正的创造性提供了可能。学校从不确定性走向创造性，取决于信息流动、多样性（要有一定的约束力）、权力（不要太民主）、连接性（个体与团队的融合程度）这四方面因素互动的结果。

　　当组织具备了从不确定性走向创造性的条件时，下一个问题就是创造什么，什么是组织与所有成员所预期创造的，这就是共同愿景，它来自组织成员内在的需要，而非外在强制实行的组织目标，它是在人们心中的一股深受感召的力量。如果没有一个拉力把人们拉向真正想要实现的目标，**维持现状的力量将牢不可破。**

写给儿子的信

儿子，在今天这个特别的日子里，爸爸首先要向你道歉，说声对不起！因为在你小的时候我很少陪你，没有好好照顾你、陪伴你、给你更多父爱，这是我这一辈子最后悔的一件事，而且无法弥补。正是我的这个过错，才导致你在学习方法、做人做事的道理等某些方面上遇到困难，很多道理、习惯、修养，包括学习方法，都应该是父母在孩子小的时候，通过和孩子亲密相处，从而潜移默化地教育、影响和培养孩子才能实现的。

好在你成长得比较顺利，这也一直是我们的骄傲。从小到大，你一直是个乖孩子，从来没有让我们太操心。你从来没有在外惹是生非、打架斗殴，在学校也一直遵规守纪，和老师同学和谐相处，懂礼貌。学习虽然不是十分理想，但你一直都在不断地努力，从来没有放弃，而且一直在进步，这是我们最为你感到骄傲的。你姥姥也一直夸你是个好孩子！

成人和高考，是你人生中的大事和两个重要的关口。我们真心希望你能顺利考上理想的大学，为自己顺利美好幸福的人生打下坚实的基础。因此希望你克服困难，咬紧牙关，向高考发起最后的冲锋，从而决胜高考，打好人生的第一场硬仗。学习没有捷径，必须付出艰辛和努力，必须坚持不懈，持之以恒，而且要坚信最终必然会水滴石穿、水到渠成，功到自然成！

人生不可能一帆风顺，难免会遇到各种困难和挫折。我们希望你遇到困难和挫折时不要气馁，要积极主动想办法克服困难、解决问题。每一次对困难和挫折的克服和解决，都是一次生命质量的提高和升华，你都会从中吸取无限的力量和信心。

我们还希望你通过学习，修身养性，努力养成良好的品质和高尚的风格，堂堂正正、清清白白做人；光明磊落、干干净净做事。古人云：德为立身之本，才为处事之道。做一个人，修身是前提，要通过学习，充实自己、提高自己、完善自己，不断提升自己的道德素质，以良好的道德素质规范自己的言行举止，使自己具有崇高的人格魅力，成为道德的高者、做事的能者。用你的聪明才智造福他人和社会，让你的人生富有价值。

最后，我整合清朝彭端淑《为学》和战国荀子《劝学》两篇文章为一段话，送给你，也送给我自己，让我们共勉：人之为学有难易乎？学之，则难者亦易矣；不学，则易者亦难矣。天下事有难易乎？为之，则难者亦易矣；不为，则易者亦难矣。积土成山，风雨兴焉；积水成渊，蛟龙生焉；积善成德，而神明自得，圣心备焉。故不积跬步，无以至千里；不积小流，无以成江海。故学不可以已。

读书是最好的休闲

——世界读书日感想

既然大家都认为读书真的很重要，那么，问题的关键是：读什么书呢？

我认为不外乎两种书：一种是专业书籍，另一种就是自己喜欢的生活休闲书；在生活休闲书中，其中文学作品应该是大家日常阅读的最主要内容。文学作品有各种形式。要真正享受语言艺术，建议大家去读散文、读诗歌，因为散文和诗歌里的每一个字、每一个词，几乎都是精雕细刻，都蕴含着丰富的意境。

现代社会生活节奏很快，技术很发达，通过自己的勤奋努力，我们获取了丰富的物质享受。但是作为高等动人类，难道我们活着的目的仅仅是为了获得丰富的物质享受吗？肯定不是，否则，为什么很多人面对丰富的物质享受，却总觉得很茫然，甚至六神无主呢？原因就在于内心的空虚、精神的空虚。

爱看书和爱写文章，不能说是我的天性，但是我很早就爱弄这些东西。小时候没钱买书，我就用自己舍不得吃的零食和别人换书看。家里没钱买学习资料，我把每个星期的原本不多的米卖掉，去买复习资料，哪怕饿肚子。看见事物就爱思考，并写下自己的肤浅的看法。读书的时候写小说、散文，参加工作以后就写专业文章。近些年又开始写些散文诗歌。当然也有遗憾。早就盼望自己有个书房，现在书房也有了；书也很多，还有自己喜欢的笔墨纸砚文房四宝，我花了两年时间，专门去安徽歙县、宣城、浙江湖州寻访到了歙砚、宣纸、徽墨、湖笔。可是这些东西堆在书房里，我很少触碰，书房也成了杂物间。回去后，我还是要整理出来，把书房里的宝贝充分利用起来，在里面看书、练字、写文章，让自己的晚年也散发出书香的气息。

这几天学习中查阅"铁杵"一词，没想到这个词条下面竟罗列了一系列古人读书用功的典故：凿壁偷光，悬梁锥股，闻鸡起舞，断齑画粥等；想起宋真宗赵恒《励学篇》中"书中自有黄金屋""书中自有颜如玉"的诗句，又得西汉颜驷的故事，特附会填词一阕：

《添声杨柳枝》

书有黄金字里藏。品寻忙。悬梁锥股莫彷徨。惯偷光。

万卷阅完心自悟。逢春雨。洗尘新貌慰颜郎。老来香。